Adelio Vaquez

# Sibilo infinito

Richiamo commovente che implora pietà

*Sibilo infinito*
*Copyright © 2020*
*Adelio Vaquez*

# Premessa

Quando la sera mi trovo sul tratto di mare di Torvaianica, la mia attenzione viene catturata da un sibilo acuto, come fosse il richiamo di una sirena. Questo suono così pungente, mi trascina a forza nel passato, o meglio, in una vicenda alquanto insolita ed inquietante, in cui io, come una particella presente nell'atmosfera, assisto inerme alla scena.

Sul manto setoso di questo mare esteso, l'intensità raggiante di uno spiccio di luna, come fosse la luce tenue di un faro, illumina una sagoma, pressoché stabile, di una ragazza. Essa, stranamente, continua a resistere al flusso consueto delle correnti, che dirigono via lontano, verso il limite dell'orizzonte, verso il limite di una nuova dimensione temporale, verso il limite di un nuovo mondo.

- Questa forma di onnipresenza rappresenta forse una supplica? Magari, chissà, per rivendicare una verità ingiustamente trafugata? -
Il contorno di questa sagoma è delineata con un segno indelebile, carico di dolore e rabbia. Essa rimane sempre lì, inerme più che mai, a rivendi-

care giustizia, se non altro, per pretendere un "mea culpa", per reclamare una verità trafugata e ancora nascosta dopo tanti anni, nei confronti di quanti abusarono della sua vita, nei confronti di quanti si presero, con estrema sopraffazione, il privilegio di mettere fine alla sua prematura esistenza.

Intanto, il sibilo affilato e trafiggente, continua invano ad urtare il cuore e la sensibilità altrui, di chi ha il privilegio di avere le orecchie libere per sentire e la vista buona per vedere.

**\*\***

Siamo nel 1953. Il contesto narrativo è relativo a un particolare periodo esistenziale della vita di Wilma, una giovane donna sognatrice ed estroversa, affascinata dal mondo stellare del cinema, in cui, per malasorte, la sua esistenza è destinata a sfociare nella morte. O meglio, vittima di un crimine vergognosamente offuscato, per colpa di certe particolarità, che avrebbero rischiato di compromettere la rispettabilità di una classe dirigente politica, considerata impeccabile. Infatti, il caso è gestito come una partita di "tennis da tavolo", nella quale, le due grosse fazioni politiche, PCI e DC, si rimpallano le responsabilità, nel bel mezzo di una campagna elettorale.

La tragica vicenda rimane, per motivi elettorali incandescenti, sospesa nell'aria, prima di essere, *impassibilmente, gettata nell'archivio dei casi insoluti, per così dire, nella spazzatura.*

*- Ora, davanti a questo scempio giornalistico mediatico, mi chiedo: una vita di una giovane donna, spudoratamente assassinata, vale meno di una campagna elettorale? -*

*Dopo che la fazione politica primaria raggiunge il suo scopo, alla tragica vicenda della giovane donna viene impressa subito un'etichetta o un timbro con su scritto "mistero". Ovviamente è la soluzione più logica, visto che, passate le elezioni, i suddetti partiti raggiungono poi un compromesso mediatico, convergendo su un ideale comune che li scagioni da ogni responsabilità morale, rimpallandosi una sorta di ritornello rigenerante.*

*- In fondo è la vita spezzata di una comune ragazza! No? Se fosse rimasta a casa sua a fare la calza, sarebbe ancora viva. No? A chi vuoi che gliene importi di una povera disgraziata, depravata e uccisa. -*

*Questo è ciò che certe persone note e politicamente autorevoli affermano!*

*Scusate, ma davanti a ciò rimango sconcertato! Non ho parole! Innanzitutto, vorrei, più che mai, puntualizzare il mio disappunto verso il cosiddetto termine "mistero": il cosiddetto "mistero", così tanto acclamato, è un termine a dir poco osce-*

no, vale a dire, equivale, più che altro, a un infame alibi che adottano, come di consueto, i "mass-media", dai giornali alla televisione, per coprire, per tutelare la rispettabilità e la purezza apparente di un "sistema", o meglio di certe personalità autorevoli, se non di una classe dirigente cui sono devoti e obbligati.

"Credetemi! Come non esiste il crimine perfetto, così non esiste neppure il mistero! È un dato di fatto! Ripeto! Il mistero è solo un alibi mascherato da ipocrisia!"

*Adelio Vaquez*

# 1

*Esiste la fatalità?*

No, no, non può esistere, poiché questa sua parti-colarità, va semplicemente interpretata come un messaggio che ha origini interspaziali, prove-niente, probabilmente, da un mondo infinitamen-te lontano e sconosciuto ai nostri occhi, o forse da qualche entità invisibile che, conoscendo ap-pieno il genere ed il livello della nostra sensibili-tà emotiva, dirige i nostri passi creando una sorta di casualità. In sintesi, è come se questa forza in-naturale ci aprisse una porta, o meglio, ci facesse sbattere il naso, contro una circostanza insolita, se non addirittura bizzarra.

Davanti a tutto ciò, ovviamente, nonostante il mio consueto scetticismo al soprannaturale, ora come ora, non posso fare altro che ricredermi, o, perlomeno, lasciarmi trasportare in questo fantomatico mondo trascendentale.

*In effetti, come definireste il rinvenimento di un dattiloscritto, stracciato, anonimo, dentro un cestino della spazzatura, lungo un viale? Senza contare che in esso possano esserci degli appunti descritti accuratamente, inerenti a un retroscena scabroso di una storia legata a un dramma, a una dinamica di un assassinio assurdo, rimasto ancorato nell'ombra, del lontano passato? Questo dattiloscritto poi che sia la rivelazione di una tragedia realmente accaduta? Oppure si tratta, semplicemente, della sintesi di un romanzo venuto male, che l'autore ha gettato nella spazzatura?"*

Beh, quest'ultima ipotesi potrebbe sembrare la più plausibile, se non fosse per l'accuratezza con cui l'autore ha narrato le rispettive vicende, che, a mio avviso, equivalgono a una vera e propria confessione espressa con profonda emotività. Bah, non so proprio cos'altro esprimere! Forse mi lascio trainare troppo dalla mia profonda sensibilità e da questa mia innata capacità creativa! In fondo sono solo fogli fatti a brandelli e gettati nella spazzatura! Nulla però toglie che, quel giorno, fossi veramente io il destinatario, di questo manoscritto, di questo cimelio abbandonato a se stesso.

All'orizzonte di questa storia, descritta su questi fogli accartocciati e strappati, si scorge Wilma, una ragazza con un sorriso solare e gioioso, entusiasta di essere finalmente riuscita ad inserirsi sui binari giusti, grazie a certe amicizie che contano. Infatti, desiderava in cuor suo conseguire ciò che ambiva sin da ragazzina, vale a dire, approdare, come una *star*, nel bel mondo dello spettacolo, in particolar modo in quello del cinema. Mi riferisco a quelle luci della ribalta, cui ambivano in particolar modo le ragazze di quell'epoca. Mi riferisco agli *anni cinquanta*, in cui il *boom* di quel bel mondo sgargiante *sotto i riflettori*, iniziava a invadere, come un'onda dirompente, ogni settore della società, innescando un *business* composto da smisurati profitti economici, ovviamente appetibili alla malavita e non solo, desiderabile anche dalla politica, da dove traevano sostentamento per le loro campagne elettorali.

## 2

Wilma, una ragazza di ventun anni, in genere nutre un debole per il giovane zio mondano e spavaldo, tanto da mostrarsi sempre affettuosa e disponibile.

*<<Ciao zio! Dai, dai, raccontami! Hai organizzato qualcosa con le "bollicine"?>>*

La risposta di Giuseppe alle adulazioni di Wilma, come al solito, non si fa attendere. Con altrettanto vezzo le riempie, oltre che di profonde effusioni, pure di sproporzionate promesse e illusioni, ovviamente, destinate poi a rimanere ancorate nei sogni.

*<<Vieni qui bella mia! Dai un bacio al tuo caro zio! Tu sei la mia futura star del cinema! Attendi ancora un poco e vedrai che ti combina il tuo amato zio. Faranno la fila per strisciare ai tuoi piedi! Quanto è vero che mi chiamo Giusep-*

*pe, diventerai un'attrice famosa! La più pagata! Dopo, però, darai ancora i baci al tuo zio Giuseppe? Vero? Prometti! Dai promettilo allo zio!>>*

Wilma non riesce proprio a resiste alla suggestione dello zio Giuseppe! Non riesce proprio a contrastare la tentazione di partecipare a certe cene equivoche, o meglio, a certi festini trasgressivi e segreti, che lo zio Giuseppe le propina. Tutto ciò contribuisce ulteriormente ad innescare in lei certi sogni eccelsi, sempre bramati, tanto da indurla ad accettare qualsiasi proposta ambigua, purché attinente a personaggi facoltosi, o meglio, collegati al mondo del cinema e dello spettacolo.

È proprio grazie al dinamismo di quest'amato giovane zio, se Wilma riesce a bazzicare certi ambienti della *bella epoche*, frequentando, segretamente, addirittura, personalità di una certa caratura sociale. Infatti, si dà il caso che, con uno di queste personalità famose, ne nascerà un'inaspettata, attrazione di cuore, si tratta di un noto musicista, Piero, figlio di Attilio, il quale a sua volta è un'altrettanta importante notorietà, politica per l'esattezza, se non, addirittura, ministro.

Giuseppe è parte integrante, anche se estremamente marginale, di un giro malavitoso operante, più che altro, nella zona turistica di Ostia, con l'apporto esterno di un marchese, ovvero, Ugo, un ex agente dell'*Ovra*, *"la polizia segreta"* del *"governo Mussolini"*, durante il periodo fascista. Il marchese Ugo, oltre a possedere un'imponente villa e una proprietà terriera sopra a Torvaianica, una località limitrofe a Ostia, è un personaggio attorno al quale gravita il ben noto *mondo dei VIP*.

Il marchese Ugo è anche un faccendiere della *"Roma democristiana"*, cui è affidato il compito di soddisfare, pure, i piaceri ed i vizi di personalità eccelse del mondo politico, coinvolgendo ragazze, o meglio, aspiranti attrici e aspiranti modelle televisive, in festini e incontri, spiccatamente privati, in cui viene calato un sipario di massima riservatezza. Il tutto gestito poi da una rilevante *organizzazione malavitosa romana*.

È proprio grazie all'opportunità, che le sta prospettando lo zio Giuseppe, se Wilma riesce finalmente a scorgere una luce di speranza alle proprie aspirazioni, come il raggio di luce irruente del mattino, che innesca un'esplosione su quei sogni stellari, ambiti fin da quando era una bambina.

Wilma, con quel suo sorriso radioso e malizioso, mischiata ad una buona dose di esaltazione, che si sprigiona persino dai pori della pelle, si carica di tanta adrenalina, che non le permette neppure dal trattenersi dal porre spesso, a chiunque le capita a tiro, certe domante allusive.

<<*Sarà la volta buona? Mi permetteranno questa volta di fare un salto nel bel mondo del cinema? Adoro il cinema! Adoro essere corteggiata!*>>

Questa sua espressione così accattivante, posta dietro a un velo di purezza e innocenza, la rende estremamente affascinante, se non intrigante allo stesso tempo, incutendo l'interesse morboso dello zio Giuseppe, che, cogliendo la palla al balzo, non esita a strumentalizzare la circostanza, per trarne profitto, per concretizzare cioè i suoi indebiti affari. Infatti, Giuseppe, in questo contesto, si colloca come un piccolo intermediario, per meglio dire, come uno dei tanti scagnozzi, di cui l'*alta società* equivoca si serve per dare sfogo alle proprie manie proibite e nascoste. In fondo, non ci sarebbe nulla di male se, gli appuntamenti che Giuseppe propina a Wilma, fossero veramente destinati a coprire dei ruoli nel cinema e nello spettacolo. Ma non è così, poiché Wilma viene proposta come una merce, o meglio, viene lasciata in balia di quella cerchia di individui della cosiddetta *"Roma Bene"*, di dubbia moralità.

*D'altronde chi altri potrebbero offrire a Wilma un valido passe-partout, per qualsiasi aspirazione in quel mondo fantastico della notorietà?"*
-

Questo è ciò che Giuseppe ripete da qualche tempo a suo fratello Rodolfo, nonché padre di Wilma, ancor prima delle sue frequentazioni con la nipote. Difatti Giuseppe, come un pappagallo estenuante, esaspera Rodolfo fino allo sfinimento, tant'è vero che un bel giorno, riuscirà finalmente ad abbattere quel muro di impassibilità, convincendolo a prendere veramente sul serio certe sue opinioni.

*<<Non esiste altro espediente meglio di questo, per offrire una carriera a tua figlia Wilma. Fidati di me Rodolfo! Conosco quella gente! È della società bene! Capisci! Società bene! È un'occasione da non perdere! Fidati di me Rodolfo! Farò conoscere le doti nascoste di tua figlia a quel mondo eccelso, tanto da farla diventare una vera "star"!>>*

Però, Rodolfo, attribuendo al fratello Giuseppe una vita spiccatamente spericolata e non essendo per niente in sintonia con il suo modo di concepire la vita, istintivamente obietta senza riserve. Senza contare poi, che Wilma attualmente sia già fidanzata con Angelo un agente di polizia in forze presso Potenza.

*<<Tu, oltre ad essere un buono a nulla, sei pure pazzo Giuseppe. Vorresti che mia figlia Wilma facesse la vita in un bordello dell'alta società? Vorresti questo per tua nipote? Eh? Dimmi Giuseppe! Poi te lo sei dimenticato che è fidanzata con Angelo e che entro dicembre si sposeranno?>>*

A sua volta, Giuseppe, sbraitando, mostra la sua contrarietà, percuotendosi con le mani il capo, in segno di stizza, per la cocciutaggine del fratello Rodolfo.

*<<Al diavolo quel pallone gonfiato di Angelo! Al diavolo lui e la sua divisa da idiota! Non vorrai mica che tua figlia faccia la serva a vita, a quel soldatino da strapazzo. Lo vuoi capire o no che tua figlia Wilma ha in mano un'occasione irripetibile, per la sua vita? Non vorrei essere nei tuoi panni, quando batterai i pugni sul muro per i tuoi sensi di colpa, per avere cioè chiuso le porte alla felicità di tua figlia. È questo che vuoi? Eh? Dimmi! Ripeto! Vuoi proprio che Wilma sia infelice tutta la vita, assieme a quel poliziotto idiota?>>*

Giuseppe, considerando le sue illecite attività, è scontato che non veda di buon occhio le *forze dell'ordine*. L'idea poi che, in futuro, un poliziotto possa fare parte della famiglia, lo manda, a dir poco, in bestia. Ragion per cui, desidera al più presto coinvolgere la nipote Wilma nei suoi progetti.

In conclusione, nonostante le insistenti assicurazioni dello zio Giuseppe, espresse con profonda eccitazione, fatichino, non poco, a godere del beneplacito del fratello Rodolfo, improvvisamente, come per magia, riescono, invece, a cogliere nel segno. In effetti è proprio così! Finalmente Rodolfo riesce a convincersi! Sono i suoi problemi finanziari a costituire un espediente risolutivo, per accettare e fidarsi del fratello Giuseppe.

*Infatti, quale altra occasione potrebbe capitare a Rodolfo, per migliore il lato economico? Una figlia inserita nel mondo del cinema, dello spettacolo, che frequenta certi ambienti della "società bene", non potrebbe essere una valida soluzione dei problemi economici?*

Rodolfo non ha più dubbi, quindi! Con un sorriso sornione che tenta di farsi largo dalle sue labbra, accetta i consigli del fratello Giuseppe.

*<<Forse hai ragione Giuseppe! Wilma ha carisma e passione da vendere, non può assolutamente bruciare un'occasione come questa, di diventare cioè una star del cinema. Pensa! Ci toglierebbe davvero da tutti i guai finanziari! Sen-*

za contare, poi, che potrebbe sposarsi con uno dei "piani alti". In genere tutte le attrici lo fanno! Ti immagini Giuseppe? Io cognato, magari, di un politico famoso! Non sarebbe una manna dal cielo?>>

Rodolfo, si ferma un attimo per meditare, poi, sempre con quel sorriso sotto i denti, continua il dialogo.

<<Sì! D'accordo! Hai il mio completo appoggio, Giuseppe! Fai pure di mia figlia Wilma una star! Però agisci con estrema discrezione. La gente non deve sapere! Non dobbiamo farne parola con nessuno! Per ora, Wilma, deve risultare, come una ragazza, tutta casa e chiesa, in procinto di sposarsi con Angelo. D'accordo Giuseppe? Ricorda! Hai una grossa responsabilità su Wilma! Vedi di non creare scandali!>>

Giuseppe, ribattendo con un sorriso ambiguo, tranquillizza Rodolfo con una battuta umoristica.

<<Discrezione? Con questo che cosa vorresti dire Rodolfo? Che la riservatezza valga più per Wilma che per quella gente famosa? Ti pare che non prendano sul serio le dovute precauzioni? Sei in buone mani Rodolfo! Ora mi metto al più presto in contatto con il mio amico Vittorio, il bagnino. A proposito ti ricordi di lui?>>

Rodolfo, anche se sa benissimo di chi sta parlando Giuseppe, esita a rispondere subito, forse per non associare a questo tipo un particolare non tanto gradito.

*<<Chi è questo Vittorio? È per caso quel dongiovanni, che partì per l'America l'anno scorso?>>*

Giuseppe lo interrompe immediatamente, per offrirgli le dovute informazioni.

*<<Ebbene! Quello che tu chiami il bagnino dongiovanni, si è rimboccato le maniche e ha stipulato grandi affari con il mondo del cinema, grazie all'aiuto del marchese Ugo e di qualche ragguardevole politico del governo. Ogni tanto ritorna in Italia per incontrare proprio il marchese Ugo, per parlare di grandi affari e di faccende riservate. Proprio ieri è arrivato a Roma! Comunque rimarrà pochi giorni qui in Italia e domani conto di vederlo. Organizzerà una festicciola, con amici. Ci sarà pure il marchese Ugo! Anzi porto con me Wilma! Colgo l'occasione per farla conoscere, proprio al marchese.>>*

*3*

Giuseppe conosce Vittorio sin da quando erano ragazzi, erano soliti corteggiare, durante la stagione estiva, tramite il loro lavoro di bagnini, certe signore benestanti attempate. Ovvero, certe mogli di personaggi illustri, alla ricerca di un po' di evasioni sentimentali e passionali. Insomma, in quel determinato periodo, Giuseppe e Vittorio erano dei perfetti *gigolò*, riuscivano cioè ad arrotondare il loro compenso di bagnini, adoperandosi per soddisfare sessualmente le accattivanti mogli deluse e trascurate proprio da quei mariti ragguardevoli.

Vittorio, a differenza di Giuseppe, in quel mondo appartato, basato sull'appagamento sessuale, riuscì perfettamente ad integrarsi nel mondo dell'*alta società*, traendone favori, grazie all'apporto cruciale del marchese Ugo. Tanto per rendere l'idea, ci furono occasioni in cui il marchese Ugo, si sentì in obbligo, nei confronti di Vittorio, per dei servigi svolti, fra i quali, quello di aver decisamente placato, segretamente, le esigenze sensuali di un *gentil sesso,* particolarmente rispettabile. Vale a dire, una moglie di una personalità illustre in cerca di un'evasione sentimentale e passionale, negata dal marito, fra l'altro una persona spiccatamente autorevole, per non dire di un ministro del Governo.

Pertanto, apprezzando la fedeltà di Vittorio, il marchese Ugo gli propose un affare, un lavoro di estrema fiducia, per essere più precisi, di *import export* nel campo cinematografico di *Hollywood.* Infatti fu grazie a questa circostanza che partì per la California, assieme a una ricca vedova, sorella di Vito, un famoso *boss* della *mafia americana,* di origine siciliana.

Per Giuseppe invece non è cambiato assolutamente nulla, deve sempre ottemperare alle solite mansioni estremamente secondarie e strettamente localizzate a Roma, legate, in un certo senso, alla *malavita romana,* con la quale funge da tramite con il marchese Ugo. Infatti, la funzione di Giuseppe è quella di offrire un valido apporto per organizzare *festini privati*, estremamente riservati, per la gente autorevole e *Vip*, procurando ragazze, *escort*, droga, attraverso le organizzazioni malavitose sparse nel territorio.

Dobbiamo mettere bene in evidenza che il marchese Ugo, è, per così dire, un perno cruciale, un faro, una sorta di stratega, quasi un santone, un veggente, in cui, gli esponenti politici, gli apparati segreti dello stato, la grande malavita organizzata, personaggi del cinema e dello spettacolo, riescono a trovare un equilibrio comune, per generare affari proficui, in una sorta, di una grande fratellanza oscura, mirata agli affari e al denaro a qualunque costo.

*4*

Non c'è desiderio più ambito da parte di Giuseppe, di cenare con il suo vecchio amico Vittorio, quando arriva dalla California. Esso è impaziente di conoscere le ultime novità americane, ovvero, i grandi progressi dell'amico Vittorio.

Nel cuore di Giuseppe, nonostante qualche strascico d'invidia lo assalga, non può certamente dissentire dal riconoscere a Vittorio le grandi doti di faccendiere. Giuseppe lo adula, lo percepisce come un'icona da seguire, e desidera che non tralasci nessun benché piccolo particolare, riguardo alle conquiste perpetrate, vale a dire, agli affari nell'ambito cinematografico di *Hollywood*.

In genere, i due, sono soliti recarsi da Romano, un loro amico, che gestisce il *"Ristorante il Pescatore"*, lungo la costiera di Ostia, fra l'altro, non lontano dalla tenuta del marchese Ugo.

Un comune denominatore che lega Giuseppe e Vittorio, come ho già accennato prima, è la loro riverente riconoscenza al marchese Ugo, sia per quel che concerne il lavoro, sia per i soddisfacenti profitti che ne scaturiscono. Tanto per rendere l'idea, si può benissimo asserire che, ora come ora, Giuseppe e Vittorio, non abbiano la benché minima possibilità di potersi riscattare da certi obblighi, per essere, per così dire, liberi e autonomi. Infatti, il marchese Ugo li controlla come pedine da sfruttare per i consueti loschi affari, o per qualsiasi proprio tornaconto economico.

Giuseppe essendo particolarmente rude, è considerato nientemeno che una *mezza tacca*, adatto per piccoli lavoretti locali di manovalanza, mentre Vittorio, invece, essendo acculturato e raffinato è sfruttato per affari *d'alto bordo*, come, per esempio, il traffico intercontinentale di armi e droga, sotto un sottile velo ambiguo, o meglio, tramite una copertura di sottofondo, nel commercio cinematografico di Hollywood. Ovviamente top secret! Neppure l'amico Giuseppe ne è al corrente, nonostante, come abbiamo visto, collaborino, tutti e due, con il marchese Ugo.

Un particolare che non va assolutamente ignorato è che il marchese Ugo, durante il periodo fascista, era un valido *agente segreto* dell'*Ovra*. Ora come ora, è corteggiato per le sue doti di intermediazione, infatti collabora con gli attuali *"Servizi Segreti italiani" Sifar (Intelligence)* e con la *CIA*, in cambio di denaro e lasciapassare per i grandi traffici di armi e droga.

*Ora però c'è da chiedersi: davanti a questi elementi così strategici, il marchese Ugo come può non ricoprire, seppur in forma segreta, un ruolo di rilievo nell'ambito governativo e politico?*
Difatti ricopre un ruolo di una personalità parecchio influente in quel mondo autorevole, o meglio, quello di un ineccepibile faccendiere, e di un essenziale mediatore con la *criminalità organizzata*. Insomma è considerato un intermediario perfetto! È pure una manna nel periodo elettorale, per permettere al partito maggioritario di fare il pieno di voti.

## 5

Siamo nel *1953*, esattamente la sera di *lunedì 11 febbraio* al "*Ristorante dal Pescatore*", Romano ha riservato per i due amici, Giuseppe e Vittorio, un tavolo adiacente al *bar*, per avere modo di interloquire, di tanto in tanto, con loro, visto che ormai raramente riescono ritrovarsi tutti e tre.

E pensare che fino a tre anni fa, non riuscivano pensare ad altro che organizzare, spesso, serate mondane!

Romano non vede l'ora di rivedere Vittorio, "*Chic, Chic*", così lo chiama, per meglio dire, la sciccheria in persona.

*<<Ma tu guarda chi ho il piacere di vedere stasera, in questa serata di febbraio così stellata e con la luna piena, "Chic, Chic"! Che c'è di*

*meglio da gustare se non il fascino di "Chic, Chic"?>>*

Romano corre ad abbracciarlo con grande fermento. Poi con uno spintone lo scansa, rivolgendogli una battuta spiritosa.

*<<Dai dimmi! Racconta Vittorio! Quante tubature hai stappato, in America? La gnocca esige? Eh? Non è così? Fare l'amore con una donna che parla inglese e americano, dovrebbe essere il massimo della goduria! Good for you, my love! Ah! Ah! Ah!>>*

Vittorio ribatte lo spirito burlesco di Romano, con altrettanta briosità e un con tono abbastanza acceso. Non risparmia neppure qualche critica disonorante alle donne del posto, notando con arguzia le espressioni derisorie di certe coppie presenti al ristorante. Tant'è vero che Vittorio alzando la voce, non nasconde la benché minima estrema suscettibilità!

*<<Almeno le americane, anche se puttane, sono franche, non sono sicuramente come queste donne di qua, che dicono di essere illibate per nascondere le corna ai loro uomini, cosiddetti fidanzati. Non è così? Eh? Non è così?>>*

Come gesto provocatorio, sostentato da questo suo stato di ebbrezza, si alza puntando il dito verso alcune coppiette ai tavoli.

*<<Occhio non vede cuore non duole, si dice!
Guardali come sono appassionatamente felici
questi celeberrimi cornuti. Questi idioti perbeni-
sti!>>*

Romano, onde evitare un possibile deterioramen-
to dell'atmosfera, non esita a tranquillizzarlo,
portando a tavola un'altra bottiglia di vino, ma
questa volta rosso.

*<<Dai su, Vittorio, fai il bravo! Lo sai come
ragionano qua! Come se tu non li conoscessi di
che pasta sono fatti! Sono una razza puritana
con le calorie a mille! Ah! Ah! Ah!>>*

Poi riempie il bicchiere.

*<<Ora assaggia questo vinello rosso e dimmi
che ne pensi. Il sangue degli dei! Eh? Dai dimmi!
Che ne pensi?>>*

Romano, con un sorriso di sottofondo, alquanto
sornione, segue attento il lento sorseggiare di
Vittorio, esprimendo una battuta spiritosa.

*<<In California, lascia pure che ti servano il
vino le puttane con il culo di fuori, ma questo vinello rosso, che ti sta servendo il tuo amico, che
ha due coglioni grossi così, caro mio, è insupe-
rabile.>>*

Sarà per il vino nostrano, sarà pure per il suo carisma ironico, Romano riesce a calmare
l'irascibilità e strafottenza di Vittorio. Infatti ha

sempre un ascendente positivo su di lui, a differenza di Giuseppe che, come un allocco, si lascia continuamente abbeverare da certe esperienze maniacali, anche fasulle. Anzi, spesso e volentieri, si lascia pure umiliare! Ma, come ho detto poc'anzi, Giuseppe venera la figura di Vittorio. Infatti, essendo a conoscenza dei grandi affari che è riuscito a districare in America, lo percepisce come un grande maestro di vita, ovviamente dopo il marchese Ugo, che funge da *dio sovrano*.

A questa cena al *"Ristorante del pescatore"*, Giuseppe ha un tarlo che desidera, immancabilmente, portare a termine, vorrebbe cioè esporre, o perlomeno dare un accenno, a Vittorio sulle doti nascoste della nipote Wilma, per la quale è stato reduce, diversi giorni fa, da un dibattito abbastanza acceso in casa con il fratello Rodolfo. Purtroppo però, a causa dell'estrema briosità della serata, dovuto principalmente all'*alcol*, non sembra riesca a catturare l'attenzione dell'amico.

## 6

Teniamo presente che fra Wilma e Giuseppe esiste una simbiosi affettiva, che va ben oltre al semplice rapporto tra zio e nipote, vale a dire, a un amore fraterno, se non addirittura, in certi casi a un amore appassionante. Tanto per intenderci, quando sono soli, spesso e volentieri, si lasciano trascinare da certe fantasie proibite, per così dire, sessuali. Sì, è proprio così, spesso Wilma si dimentica di essere una nipote per Giuseppe, percependolo come un amante, al quale confidare e su cui adagiare addirittura le proprie intimità sensuali, senza nessun disagio. Naturalmente Giuseppe, a sua volta, ne approfitta, per mettere in moto le proprie ambizioni, nelle quali si celano i propri interessi egoistici, nascondendosi cioè dietro a un alibi di benefattore filantropo.

In assenza di Angelo, ovvero, il fidanzato di

Wilma, i due non mancano di consumare serate da sballo, con *festini* appassionatamente piccanti, in compagnia di amici, in cui, a parte Adriana, un'amica d'infanzia di Wilma, per lo più sono conoscenze di Giuseppe.

Non c'è un incontro, nel quale Wilma non rinnovi a Giuseppe la propria brama sensuale proibita, pronta a emergere, facendo capolino dietro il consueto velo di calore affettivo. Infatti in ogni serata particolarmente elettrizzante, lei riesce quasi sempre, con atteggiamenti provocatori, a raggiungere il suo intento di nipote appassionata, non lasciando nessun margine di scampo allo zio.

<<*Ma tu sei veramente mio zio? Con te mi sento nuda! Tu mi piaci veramente zio Giuseppe! Non sai quanta fatica io faccia a trattenere questa passione che provo per te. Diventa un'impresa sempre più difficile, sopprimere queste emozioni così candide e autentiche, per evitare di valicare questo confine proibito, che questa parentela ci delinea. Questa linea rossa che divide l'impossibile!*>>

Giuseppe, frastornato da queste rivelazioni, a dir poco pungenti, oltre a non riuscire a ribattere, non riesce neppure ad emettere un sospiro, o un benché minimo affanno, per svincolarsi da queste eccitazioni così avvolgenti. In compenso però, accarezza il viso di Wilma, tirandole indietro quei suoi folti capelli, per poi massaggiare quelle sue guance morbide e vellutate.

*Questi gesti così affettuosi di Giuseppe, alludono forse a una risposta favorevole ai continui atteggiamenti, o sguardi sdolcinati, di Wilma?*
Che da parte di Giuseppe siano gesti spiccatamente sensuali, non vi è alcun dubbio.

*Ma a quale prezzo?*
Ulteriori domande assillano la mia mente!

*Questa singolarità proibita di Giuseppe, consiste solo in un piccolo spiraglio emotivo sfuggito ai ranghi della moralità, per poi ritornare subito al posto naturale che gli compete? Oppure si preannuncia l'inizio di un pasto eccitante, destinato a saturare una fame passionale, coltivata e bramata da tempo, da entrambi?*
No! Non c'è null'altro da aggiungere a riguardo, l'atmosfera si preannuncia alquanto piccante e incontrollabile! Wilma, in questo fantastico silenzio sdolcinato, non riesce più a controllare i battiti del suo cuore, che suonano come tamburi di guerra, alla conquista di un pianeta estremamente inebriante, reclamato dai suoi sogni ardenti, ossia, da una brama verso questo suo zio, Giuseppe, incontenibile.
Wilma, seppur tremando come una foglia al ven-

to, dovuto all'irruente emozione, riesce, ansimando, a pronunciare, a malapena, qualche parola.

*<<Per favore zio, abbracciami e baciami, almeno per una volta sola!>>*

Altro che una volta sola! In questa serata di *gennaio del 1953*, inevitabilmente, le emozioni, con tutta la loro irruenza, contribuiscono a determinare un rapporto passionalmente intimo fuori controllo. A nulla valgono i rigurgiti improvvisi di coscienza di Wilma!

*<<Che cosa stiamo facendo zio? Ci stiamo inoltrando in un sentiero pericoloso e proibito. Che cosa ne sarebbe della nostra vita, se trapelasse questo nostro amore segreto?>>*

Questo valico proibito, che dominava imponente tra i due, seppur con esitazione, viene finalmente superato dalla loro attrazione sempre più carica di eccitazione. Ora, al cospetto delle regole morali, che la decenza esige, i due si sono presi l'onere e la facoltà di arbitrare la loro coesistenza, in un rapporto passionale incestuoso, condividendo tutti i segreti più intimi, sogni e desideri infiniti, fra i quali, particolarmente ambito, il *mondo del cinema.*

Wilma essendo a conoscenza di certi giri ragguardevoli, in cui il tanto amato zio Giuseppe bazzica, ne approfitta per chiedergli un aiuto, mentre gli mette le braccia al collo e lo bacia appassionatamente, sussurrandogli all'orecchio.

*<<Voglio fare l'attrice! Voglio essere famosa! Voglio che tutti gli uomini mi si prostrino ai piedi. Che dici? Chiedo troppo?>>*

Giuseppe aveva già intuito da tempo, questa frenesia di Wilma, a voler mettere in risalto il suo *sex appeal*, le sue qualità di ragazza fascinosa. Pertanto non si è sicuramente fatto trovare impreparato, avendo, già da alcuni mesi, preso già provvedimenti a riguardo.

In sostanza, Giuseppe, ha elaborato una strategia, un piano ben preciso, per offrire un futuro florido e compiacente alla nipote Wilma, smontando cioè, prima di tutto, il muro dell'inflessibilità del padre Rodolfo, legato, più che altro, alle direttive intolleranti della madre, Maria, irrigidita, oltre che da spiacevoli dicerie, da certe informazioni riservate, che riesce estorcere dall'altra figlia, Wanda.

Wilma ha un rapporto di grande conflittualità con la sorella Wanda, più che altro per il grosso divario esistente fra loro due, in termini di personalità. Infatti, Wanda non sopporta l'atteggiamento sofisticato e frivolo della sorella, dal momento che è sempre pronta ad esibire, con svenevolezza, la sua intrigante femminilità, le sue doti attrattive e seducenti, particolarmente, verso gli uomini di una certa età e di un certo ceto sociale.

Nel contesto, Wilma è vanitosa, non passa un attimo che non si soffermi di fronte allo specchio per ritoccarsi il trucco. Adora essere osservata, poiché le piace essere la diva del momento, per giocare, soggiogando e trascinando le attenzioni degli uomini, fino al limite dell'intimità, senza, però, concedersi fino in fondo. Insomma, adora solo essere al centro dell'attenzione, sfoggiando, oltremodo, quelle doti eccelse, che *madre natura* le ha riservato. Questo spiccato narcisismo, così sfrenato, consiste in un elemento cruciale per alimentare questa sua folle bramosia, costi quel che costi, verso quel mondo fatato, pieno di soddisfazioni, del cinema e dello spettacolo.

## 7

Per il timore di non riuscire ad ottemperare alla promessa fatta a Wilma, l'agitazione di Giuseppe, ormai è al limite. Arriva, addirittura, con il pensiero, a imprecare l'amico Vittorio, per essersi mostrato estremamente evasivo nei suoi riguardi, a quella rimpatriata fra amici al *"Ristorante del pescatore"*.

- *Ma chi ti credi di essere Vittorio? Sei nientemeno che uno scagnozzo bastardo del marchese Ugo! Un pallone gonfiato! Che tu possa crepare all'inferno! -*

Tuttavia però, destino vuole che l'indomani Giuseppe riesca nuovamente incontrarlo, per puro caso, in un *bar* di Ostia. Infatti, Vittorio mosso da un accenno di commozione, per il riecheggiare di un senso di nostalgia del passato, non esita, con un strillo, con un fischio e un cenno di mano, a richiamare l'attenzione di Giuseppe, tentando di distoglierlo da quel suo atteggiamento spiccatamente burbero, ignorandone ovviamente la vera causa.

<<*Giuseppe! Giuseppe! Giuseppe! Che faccia sconsolata che hai! Con chi ce l'hai? Ah, ho capito! Ah, ah, ah, le donne, le donne, le donne, caro amico mio! Credimi, se non stai in campana ti distruggeranno la vita. Fidati di me!*>>
Prima che Giuseppe possa ribattere, Vittorio, stranamente, lo anticipa, cercando di riallacciarsi al discorso che l'amico tentò di affrontare ieri sera, senza riuscirci.

<<*Giuseppe! Cosa mi volevi dire di Wilma ieri sera? Mi sembravi così ansioso? Per caso ne ha combinate una delle sue? Che diavola tua nipote!*>>
Davanti allo stupore di Giuseppe, che rimane a bocca aperta e senza parole, Vittorio continua il dialogo, rammentando un particolare curioso di Wilma, seguito da un sorriso burlesco.

<<*Giuseppe! Ti ricordi di Wilma? Quando, in spiaggia, follemente, si atteggiava davanti a quei "pipparoli" sposati, vicino a quelle scorfane delle loro mogli? Ah, e poi quando poi si sdraiava davanti a loro, accarezzandosi, stuzzicando la*

*loro passione sessuale eclissata? Eh? Ti ricordi?*
*Giocava a fare la diva dello stabilimento balnea-*
*re! Che diavola che era pure allora! Ah! Ah!*
*Ah!>>*

Vittorio battendo le mani, con una risata, a dir
poco dirompente, richiama, inevitabilmente,
l'attenzione del loro amico Romano, che trovandosi pure lui al *bar* da pochi minuti, intento a discutere con il barista, non si trattiene dal dirigere
l'attenzione verso di loro.

*<<Ma che c'è? Eh? Che c'è? Ho capito bene?*
*Qualcuno con una manichetta di un idrante, ha*
*spento la passera di una sposa in calore? Chi è*
*la fortunata? Eh? Chi è quella puttanella?>>*

Vittorio, a fatica interrompe la risata per ribattere.

*<<No! No! Romano! Ti ricordi, quel bel pezzo*
*di ragazza di Wilma, la nipote di Giuseppe?*
*Quando si metteva in mostra, con le tette di fuo-*
*ri, davanti a quei "segaioli" dei mariti, di quei*
*ruderi di mogli sgraziate?>>*

Romano grattandosi la nuca, risponde subito con
una esclamazione burlesca.

*<<Ah, sì? Che bel pezzo di "gnocca" era già*
*allora Wilma!>>*

Nel frattempo rivolge lo sguardo a Giuseppe.

*<<Giuseppe, ti devo fare i complimenti! Tua*

*nipote oltre che essere una gran bella ragazza,*
*ha la tua stessa eccentricità. Vuole propaganda-*
*re le sue virtù nascoste! L'ho sempre asserito!*
*Wilma è una diavola da salotto! Potrebbe intra-*
*prendere la carriera dell'attrice. Le qualità le*
*possiede tutte! No? Che ne dite?>>*

Questa inaspettata affermazione così lusinghiera
di Romano, non può che suscitare un interesse
ragguardevole da parte di Vittorio, tanto da prendere in seria considerazione l'idea, contribuendo,
finalmente ad estrapolare un sorriso, su
quell'atteggiamento così arcigno di Giuseppe. In
fondo, Romano ha anticipato ciò che lui stesso
intendeva proporre, catturando, ovviamente,
l'interesse di Vittorio, tanto da condividerlo con
il suo amico.

*<<Giuseppe, in famiglia, avete una fortuna*
*pronta a decollare! Te ne volevo parlare già da*
*qualche anno. Sì! Wilma ha tutte le qualità per*
*essere una futura "Star". Ovviamente, dovrà ini-*
*ziare con la gavetta, con delle comparsate, ma,*
*se troverà le amicizie giuste, davanti a lei*
*si aprirà altro che un portone, un sipario verso il*
*paradiso. Ne parlerò con il marchese Ugo! Pro-*
*prio domani infatti sono invitato a pranzo da lui,*
*alla sua tenuta di Capocotta. Ci saranno pure*
*delle persone autorevoli. Niente di ché! I soliti*

*politici, ministri bisognosi di consigli e di soste-*
*gno.>>*

Giuseppe conosce bene il marchese Ugo, non che
vi abbia mai avuto a che fare direttamente, se non
tramite Rossano, il suo *fattore*, che, in genere, gli
espone, previo compenso, certe direttive e servigi
di basso livello, cioè i consueti illeciti, da ottemperare, spesso e volentieri, in collaborazione con
le *"bande malavitose"* locali romane.

Nel sentire nominare il nome del *marchese Ugo*,
Giuseppe si mette subito in soggezione, poiché lo
considera come il *dio* in persona, ragion per cui,
l'idea di affidare, eventualmente, Wilma alle sue
cure, lo rassicura alquanto. Infatti, in cuor suo,
nei suoi pensieri, non si trattiene dal fantasticare
ed esplodere di gioia.

   *- Il marchese Ugo? Mamma mia, quale onore!*
*Una manna dal cielo sta per cadere dal cielo!*
*Wilma, dovrai ringraziare il tuo caro zio se sei in*
*una botte di ferro, nipote mia! Presto ti chiamerò*
*"diva". -*

Giuseppe, nonostante qualche dissapore, tutto
sommato si fida di Vittorio. È sicuro delle sue
buone intenzioni, di offrire cioè a Wilma una
possibilità per inserirla nel bel mondo del cinema. È sicuro che domani a tavola parleranno pure
di lei! È estremamente fiducioso, insomma! Per-

tanto, ora più che mai, non gli resta che dare la buona notizia alla nipote Wilma. Infatti, subito la mattina seguente si reca a casa sua. Purtroppo però, per sua sfortuna, s'immerge in una accesa discussione in famiglia. Wilma è sotto pressione dalla madre Maria e dalla sorella Wanda. L'accusano di trascurare la casa e di lasciarsi trascinare da certe fisse mentali futili ed adolescenziali. La più agguerrita è la sorella Wanda, per essere venuta a conoscenza, o meglio, avere origliato due ore prima, durante un acceso dibattito chiarificatore fra i genitori, vale a dire, se offrire o no un eventuale approvazione a Wilma, ad intraprendere la gavetta di Attrice.

Il padre Rodolfo, infatti, dopo essere stato convinto da Giuseppe, a concedere una possibilità a Wilma, inevitabilmente si scontra con Maria, che giustifica la sua reticenza, facendo leva sull'attuale fidanzamento che Wilma avrebbe con Angelo.

<<*Non ti sembra che anche Angelo abbia il diritto di essere informato?*>>

Rodolfo, avendo una pessima considerazione di Angelo, senza mezzi termini, infonde, nei riguardi della moglie Maria, un atteggiamento alquanto ingiurioso, non risparmiando neppure termini offensivi.

<<*Parli di Angelo? Quel mammalucco, vestito a festa? Che idiota!*>>

Le nette divergenze di opinioni di Rodolfo, pur generando uno scontro verbale in casa, hanno, per ora la meglio, nonostante il forte risentimento di Maria, la quale non si trattiene dal inveirgli contro con gesti irriguardosi, voltandogli poi le spalle. Rodolfo, a sua volta, non sopportando questo atteggiamento sfuggente, le afferra con forza il braccio, fissandola negli occhi con estrema arroganza.

<<*Ti vuoi rendere conto che, semmai Wilma riuscisse ad inserirsi nel mondo del cinema, sarebbe un bene per tutti noi? Pertanto Wilma ha la mia completa approvazione! D'accordo? Eh? D'accordo? Ora non voglio più sentirvi lagnare voi due!*>>

Rodolfo, dopo il confronto con il fratello Giuseppe, non ha più dubbi. Giuseppe ha ragione! Wilma ha delle potenzialità innate e le deve sfruttare nel mondo del cinema, per un proficuo futuro, sia di lei che della famiglia. Al diavolo, quindi, il fidanzamento con Angelo! Al diavolo lo stupito patto, antico e vincolante, con l'amico Massimo! Rodolfo offre carta bianca a Giuseppe, affidandogli Wilma, la quale, a sua volta, gli mostra riconoscenza abbandonandosi, co-

me abbiamo visto, fra le sue grazie, offrendosi
persino per momenti intimi incestuosi, come
un'amante segreta.

*8*

Angelo, il cosiddetto fidanzato di Wilma, è un poliziotto in forze presso la *Questura di Potenza*. È tendenzialmente timido e alquanto geloso! Il loro non è assolutamente un fidanzamento d'amore, ma è stato, originariamente, combinato, o meglio, fortemente voluto da Massimo, il padre di Angelo, che gestisce un negozio di macchine da cucire *Necchi*, nel centro di Roma.

Massimo, nutre una profonda affinità nei confronti di Rodolfo, dal momento che il loro rapporto, strettamente confidenziale, si basa su un'amicizia, che, addirittura, ha origini remote, adolescenziali, da quando cioè giocavano a calcio in parrocchia. Si erano ripromessi che, se avessero avuto dei figli di sesso opposto, li avrebbero uniti in matrimonio, per compensare, per così dire, il loro sodalizio viscerale. Un impegno, cui Massimo non vuole assolutamente rinunciare, spronando, fino allo spasmo, Rodolfo. Senza contare poi l'incitamento ossessivo del figlio Angelo, che nutre una passione ossessiva verso Wilma, sin da quando erano bambini.

La tortura emotiva di Wilma, davanti a questo fidanzamento così combinato, non può che alimentare, spesso e volentieri, spigolose discussioni, al telefono del *bar*, "*Il guappo*", sotto casa, innescate spesso da un'eccessiva gelosia da parte di Angelo.

<<*Appena metto il naso fuori di casa, mi punti un faro addosso, facendomi il terzo grado. Io non sono mica una delinquente agli arresti domiciliari! Chi ti credi di essere con quella divisa da babbuino, che porti? Va a quel paese te, assieme e tutti i tuoi colleghi bastardi! Io vado dove mi pare! Hai capito?*>>

Angelo risentito per le ingiurie ricevute, in un primo momento, esplode duramente, con parole sferzanti, ma poi, dopo un giorno, con una fobia viscerale di perderla, le manda un messaggio di scuse con annesse parole smancerose, tramite Andrea, un amico e collega in forza a Roma.

"*Perdonami Wilma! Hai ragione di irritarti per la mia gelosia ossessiva, ma sono pazzo di te*

*e l'idea che qualcun altro ti possa mettere gli oc-*
*chi addosso mi manda in bestia. Domani sera al-*
*le otto ti richiamo! Fatti trovare al bar!"*
La telefonata, ovviamente, sarà destinata poi a
finire, con un consueto rappacificamento sman-
ceroso, dal sapore prettamente sdolcinato. Per
così dire, una vera e propria ipocrisia amorosa,
con un pizzico di perbenismo borghese.

## *9*

Il giorno seguente all'incontro con l'amico d'infanzia Giuseppe, al *"Ristorante il Pescatore"*, Vittorio, come stabilito, si trova a cena dal *marchese Ugo*, nella sua villa di *Capocotta*, situata appena nell'entroterra del lungo mare di *Torvaianica*.

*(Non dimentichiamo che Vittorio, è uno stretto collaboratore fidato del marchese Ugo! Costituisce cioè un tassello fondamentale in certi rapporti commerciali negli Stati Uniti, rappresentati, in teoria, da prodotti cinematografici con Hollywood, venduti sia alle aziende radiofoniche, sia ai rispettivi produttori cinematografici italiani. Questo scambio commerciale, apparentemente lecito e tranquillo, senza entrare nel dettaglio, in realtà non è altro che un mantello di*

copertura, per un genere di "Import Export" molto più proficuo, vale a dire, quello della droga e quello del traffico di armi, con l'intermezzo della "mafia americana", la CIA e certi apparati governativi.

Come ho già accennato in precedenza, il marchese Ugo, durante la "seconda guerra mondiale", era parte integrante dell'Ovra, "polizia segreta fascista". Un particolare curioso poi, è che, in queste sue mansioni di "agente segreto", si arricchì, facendo il doppio gioco, vendendo cioè informazioni segrete ai nazisti. Ora possiede un'affermata conoscenza su tutto ciò che gravita negli ambienti segreti di certi Stati o Governi, oltre ad averne un'influenza particolarmente rilevante. Niente per niente, il marchese Ugo viene chiamato "il veggente", una sorta di fulcro magico o "Mago Merlino", in cui orbita l'ambiente governativo, l'ambiente politico, la criminalità organizzata, alla ricerca di un punto d'incontro, al fine di mantenere un equilibrio che soddisfi l'esigenza di tutti gli interessati, sia in termini di denaro, sia in scambio di informazioni segrete, militari e politiche. Tanto per rendere l'idea, spesso e volentieri, i "Governi", attraverso i rispettivi "Servizi Segreti o Intelligence", offrono copertura alla mafia, alla criminalità or-

ganizzata, *nei loro sporchi affari e traffici illeciti, in segno di riconoscenza per certi servizi fon-
damentali svolti.*

*In genere, nei ricevimenti, estremamente riserva-
ti, mascherati da festa o festini, o come lo si vo-
gliano chiamare, non mancano mai
l'entraîneuse, ragazze che vengono reclutate dagli ambienti del cinema o dello spettacolo, aspiranti attrici, modelle, conduttrici televisive. Trattasi, per così dire, di cacciatrici di notorietà, che
muoiono dalla voglia di socializzare, intimamente, magari con un personaggio illustre, per rica-
varne, uno straccio di raccomandazione.)*

In quella particolare cena di *martedì 12 febbraio 1953*, non sono presenti solo i personaggi
illustri del mondo del cinema e dello spettacolo,
ma bensì, alcune figure governative rilevanti, oltre ai manager relativi al commercio, funzionari
ai lavori pubblici, figure autorevoli relative alla
difesa, i burocrati dell'*alta società*,
i *faccendieri* ed esponenti di spicco della *malavita*, sia italiana, sia americana. Un vero e
proprio meeting, marcatamente privato, mascherato da una rimpatriata di vecchi amici, o meglio,
fratelli d'affari. Inizialmente si discute del mondo del cinema, dello spettacolo, della musica, includendo il volume dei grossi affari in esso asso-

ciati, e su come riuscire a trovare un punto d'incontro fra ciò che è illegale e ciò che è legale, per trarre il massimo dei profitti economici, senza intaccare o intralciare l'anima artistica dei rispettivi artisti, operatori, produttori, registi, discografici, musicisti, e via dicendo.

Poi, a porte chiuse, ovvero in una forma strettamente riservata, a una particolare cerchia ristretta degli invitati, fra i quali pure alcuni funzionari autorevoli americani, si discute di traffici internazionali di un certo calibro, che, inevitabilmente, vanno colludere con alcuni apparati governativi dello *"Stato"*, dando vita e includendo, in mezzo agli affari sporchi, pure quelli politici. In questa ristretta conversazione *"massonica"* a porte chiuse, non può assolutamente mancare Vittorio, raffigurato come il fedele rappresentante, o meglio, lo scagnozzo del marchese Ugo, in merito cioè a questi traffici scellerati, oltre che redditizi, con l'America. Infatti, il marchese Ugo, alla fine di ogni incontro, è sua consuetudine convocare Vittorio nel suo studio per impartirgli alcune disposizioni ferree, sulle quali non dovrà assolutamente sgarrare, pena la sua stessa vita, puntandogli una pistola in fronte.

<<*Vittorio io ti ho assunto perché credo nella tua competenza e soprattutto nella tua fedeltà.*

*Inoltre, ti pago bene perché hai delle enormi responsabilità dietro alle spalle. Hai visto che figure politiche rilevanti ci sono in ballo? Se sgarri lo sai che cosa ti capita? Fai la fine del coniglio scuoiato vivo! Quindi fai molta attenzione Vittorio! Tutto ha un prezzo in questo benedetto mondo! Non lo dimenticare mai! Porta con te sempre la nostra "Bibbia"! Mi dispiacerebbe perderti! In fondo ti ho tirato su, come se fossi mio figlio.>>*

Vittorio, come sempre, davanti a queste consuete, pungenti, esortazioni di Ugo, ha sempre un'inclinazione serena e impassibile. Però questa sera, in particolare, mostra una certa ansia, che ovviamente non sfugge all'attenzione dell'interlocutore.

*<<Devo pensare male, Vittorio! Che ti prende? Sputa il rospo!>>*

In effetti, Vittorio, inconsciamente si lascia influenzare emotivamente da uno stupido tarlo, per non dire ridicolo. Parlo di quell'impegno preso con l'amico di Giuseppe, riguardo a sua nipote Wilma, ovvero, per una sua eventuale raccomandazione nel mondo del cinema. Nonostante però la sua forte esitazione, purtroppo ormai non può più tirarsi indietro, per non suscitare delle pericolose ambiguità con il *marchese Ugo*.

*<<Per favore, hai un attimo? Desidero soddisfare un desiderio del mio amico d'infanzia Giuseppe. Sai di chi parlo? Vero?>>*

Il marchese Ugo, ovviamente, a fronte di questa insignificante richiesta, non può che emettere un sorriso particolarmente strafottente, muovendo il capo.

*<<Ah, ah, ah, certo che lo conosco? Quella mezza tacca! Io lo chiamo sempre il messaggero degli sguatteri. Quando c'è da disinfettare qualche quartiere di Roma, attraverso il mio giardiniere, lascio a lui il privilegio di informare i cagnacci e i topi. Dimmi pure! Che ha bisogno quel bifolco?>>*

Però, Vittorio, un po' risentito per lo screzio che il marchese Ugo affibbia al suo amico, rimane con un atteggiamento particolarmente cupo, esponendo la richiesta con un'aria dispotica.

*<<Wilma, sua nipote, è attratta dal mondo del cinema. Vorrebbe fare l'attrice! Aiutala Ugo! Credimi! Io la conosco e posso assicurarti che ha fascino da vendere!>>*

Il marchese Ugo, estremamente attento, si massaggia il mento e, dopo avere riflettuto un attimo, a sorpresa, ribatte favorevolmente, forse per avere dissipato un dubbio verso Vittorio, che lo aveva lasciato parecchio interdetto.

*<<Mica male quella cagnetta in calore! Sì! Hai ragione! Ha grinta e fascino da vendere. Si presenta bene! Aspetta un po'! Ho un'idea!>>*

Si alza e conduce Vittorio, verso il salone del ricevimento, abbracciandolo.

*<<Vieni Vittorio, che ne parliamo subito con il produttore Luigi e il regista Federico. Adesso ti spiego! Loro sono in procinto di girare un film, dal titolo "Lo sceicco bianco". Quale occasione migliore di questa? Poi considera che ho aiutato il produttore Luigi a togliersi dai guai, ma guai grossi e ora non si può sicuramente esimersi dal soddisfare le mie richieste. Eh, eh, eh!>>*

Ecco, Luigi e Federico sono in un angolo della sala, che stanno conversando animatamente con Piero.

Come ho accennato precedentemente, Piero è un giovane musicista di successo, già sulla cresta dell'onda, grazie pure all'apporto del padre Attilio, presente fra l'altro alla stessa festa, che oltre ad essere un politico affermato, è pure un'importante figura governativa, o meglio un ministro autorevole.

Accanto ai tre vi è pure una fascinosa donna di classe, Maria Augusta, detta *Marianna* per gli amici, figlia di un notaio famoso di Milano, amico del *marchese Ugo*. Porta un abito scuro setoso

e scollato, con i capelli neri e raccolti, che metto-
no in evidenza il collo particolarmente allungato,
attorno al quale quattro anelli tentano di occul-
tarne la sua evidente prominenza. Tuttavia, data
l'unicità di queste caratteristiche fisiche, è sopra-
nominata il *"Cigno Nero"*.

Il *marchese Ugo* con la sua solita aria da autocra-
tico, alza il braccio verso il produttore Luigi e il
regista Federico, poi con tono prettamente burlesco, li ammonisce dal tenere le mani a posto verso *Marianna*.

   <<*Ehi! Voi tre, non fate i cascamorti con la
qui presente Marianna. Vi siete dimenticati che è
proprietà privata? La proprietà del padrone di
casa è sacra! Non dimenticatelo mai!*>>

Si dà il caso che Maria Augusta, detta anche *Marianna* e *Cigno        Nero*,        sia
un'appassionante e intima amante del marchese
Ugo. Ma non solo! Essa prepara e organizza, le
ragazze che dovranno abbellire i cosiddet-
ti *festini*, per intrattenere e soddisfare gli ospiti,
anche con certi giochi proibiti e sconsiderati.

Federico il più brioso dei tre, non avendo particolari simpatie verso il marchese Ugo, la
sua cerchia di politici e i faccendieri, ribatte con
altrettanto sarcasmo pungente.

   <<*Sì, ma, si dà il caso che Marianna, abbia un*

personalità note, il marchese Ugo e il regista Federico.

Non c'è alcun dubbio! Questa richiesta così diretta e incisiva di Piero, non può che mettere con le spalle al muro Vittorio, tanto da non concedergli il benché minimo appiglio o una via di fuga. Infatti, Vittorio, davanti a quest'assillante indiscrezione di Piero, davanti cioè a questa sua morbosa curiosità crescente, simile a una pioggia battente, che aumenta la sua intensità fino a diluviare, non gli rimane altro da fare che svuotare quello scrigno di riservatezza, con il quale si era ripromesso di coinvolgere solo ed esclusivamente colui che conta, ovverosia, il *marchese Ugo*. Infatti, visto gli sviluppi così amari di quella inaspettata disputa, fra il marchese Ugo e il regista Federico, Vittorio, come un pesce fuor d'acqua, si lascia andare verso qualsiasi oasi rigenerante, pur di ottemperare a quel dannato favore dell'amico Giuseppe, per conto della nipote Wilma, in questo caso affidandosi alla competenza e all'influenza di Piero.

<<*Un mio amico, Giuseppe, mi ha incaricato di mettere una buona parola per questa sua nipote Wilma, poiché sembra che il mondo del cinema la affascini e che voglia concretare un sogno nel cassetto. Tanto per rendere l'idea, lei ambi-*

*sce a divenire una grande attrice, come Anna Magnani. Pensa Piero! Adora quell'attrice a tal punto da odiarla, perché guardandola la porta a stare male e quindi a rifiutarsi di vedere i suoi film. Vorrebbe essere al suo posto! È convinta di possedere le qualità migliori delle sue! Ha carisma e grinta da vendere, anche se, come puoi già immaginare, pecca di presunzione.>>*

Questa breve descrizione così accattivante sul profilo Wilma, non può che scatenare in Piero un ulteriore stimolo e interesse. Infatti, una ragazza così piena di vitalità e ambizione, costituisce un importante deterrente, per dare adito all'appetito sensuale di Piero. Non c'è null'altro da dire, Wilma sembra veramente costituire un'occasione unica, da non lasciarsi sfuggire. Una giovane amante con quel genere di *sex-appeal*, è ciò che ci vorrebbe per coprire quel vuoto sentimentale di cui Piero è vittima. In fondo, la sua attuale fidanza, Alida, famosa attrice di origini tirolesi e istriane, pur essendo particolarmente possessiva e gelosa, a quanto pare, non sembra preoccuparsi poi così tanto a questo loro distacco così perenne. Questa loro lontananza fisica, non è particolarmente legata agli impegni lavorativi, ma, bensì, la si può attribuire, piuttosto, alla loro mancanza di affinità amorosa. Infatti, il loro legame così artificioso serve, più che altro, per mostrare la loro impeccabilità alla gente, attraverso i *gossip* e i giornali.

*(Piero conobbe l'attrice Alida, circa un anno fa, durante una festa, indetta da due fratelli Enrico, pittore, e Maurizio, amministratore delle proprietà terriere di famiglia in Germania. Entrambi sono di nobili origini, per così dire, rampolli di casati reggenti.*

*Il fidanzamento tra Piero e Alida non nacque da un'attrazione sentimentale, ma bensì avvenne grazie ad una volgare scommessa effettuata con Maurizio, secondo la quale Piero si sarebbe impegnato a conquistare il cuore della suddetta attrice famosa, in cambio di una cospicua somma di denaro. Però, per quanto l'attrice Alida, inizialmente, fosse, morbosamente, attratta da Piero, in realtà, col tempo, il loro, per così dire, grande amore, fu destinato ad affievolirsi, riducendosi a una semplice formalità, come quel mondo sgargiante dello spettacolo, del cinema e della "società bene" esige. Questo non significa che, in tale contesto, non vi si possa edificare un matrimonio, al contrario, secondo certi pronostici, dovranno essere delle nozze da favola. Per meglio dire, dovranno costituire semplicemente la consueta metafora propagandistica, per ali-*

*mentare l'interesse della gente ed accrescere po-*
*polarità, oltre che, naturalmente, imbastire di*
*nettare redditizio i giornali e le riviste di gossip.)*
Data questa particolare unione ambigua con Ali-
ta, è logico che, la sensibilità innata di Piero, non
possa resistere dal lasciarsi trascinare da un ma-
gnetismo quasi folgorante verso Wilma, descritta
da Vittorio come una ragazza di modeste origini,
desiderosa di avere una visibilità, costi quel che
costi, in quel mondo sgargiante pieno di *luci della ribalta.* Per meglio dire, una sorta di *cenerentola* che invoca il suo *principe azzurro*, affinché
la porti in braccio nel suo castello, presente solo
nei sogni. Sì, è proprio così! Come una magia
d'altri tempi e una buona dose di telepatia, Piero
percepisce, verso Wilma, o meglio, verso questa ragazza sognatrice, un'attrazione sensuale
unica, miscelata ad un sorriso quasi fiabesco. È
una sensazione talmente magica da incespicarsi
in una melodia sonora, la quale poi, elevandosi
come un'onda impetuosa, travolge la quiete di
quell'oceano infinito presente nello spirito di Piero, in cui giace un importante ego artistico, ovvero la musica.
Questa piccola pausa di riflessione, quasi coma-
tosa di Piero, in attesa, fra l'altro, di soddisfare la
richiesta di Vittorio, viene interrotta improvvi-

*na, che lo guida in un mondo immaginario e ap-*
*passionante. Seguine pure il percorso amico*
*mio! Ti porta alla vita!>>*

Piero, accarezzandosi la fronte, scende con
i *piedi in terra* e girandosi verso l'amico, ribatte.

*<<Hai ragione Enrico! Devo lasciarmi trasci-*
*nare da questo richiamo così eccitante! Da que-*
*sta accattivante sagoma raggiante, che continua*
*imperterrita ad incidere queste pareti del mio*
*cuore. Lo so! Conosco solo il suo nome, Wilma!*
*E con questo?>>*

Enrico continua a fissare Piero, emettendo per
giunta un sorriso affettuoso e spronandolo oltremodo a seguire quelle sue emozioni dirompenti.

*<<Wilma non è solo un sogno, ma è una realtà*
*che ti sta aspettando. Lasciati avvolgere dalla*
*purezza di quella melodia, che riesce ad oltre-*
*passare i confini del tuo cuore. Lasciati andare,*
*amico mio! In fondo che altro c'è di più prezioso*
*e candido nella vita, se non il sapore di certe*
*emozioni forti? Il bello è che esse nascono quan-*
*do meno te lo aspetti! Non si creano! Ma hanno*
*un'anima a loro volta, hanno una profonda au-*
*tonomia, difficile da gestire o da comandare.>>*

**

*(Intendo puntualizzare, che il principe Enrico*
*non è come il fratello Maurizio! Intatti, pur es-*

*sendo entrambi rampolli dello stesso casato no-*
*biliare, hanno profonde divergenze personali.*
*Mentre Maurizio, come un faccendiere rabbioso,*
*abile negli affari, gestisce il patrimonio nobiliare*
*di famiglia, Enrico, invece, vive in una dimensio-*
*ne nettamente dissonante rispetto al fratello. In-*
*fatti, con il cuore e la sensibilità di un vero arti-*
*sta, tendenzialmente privilegia il lato spirituale*
*della vita stessa. Da qui, quindi, il monito a Pie-*
*ro a perseguire la volontà delle proprie emozio-*
*ni, anche se le stesse dovessero cozzare con una*
*dura realtà, di un mondo materialista e spietato.)*

## *10*

A fronte di ciò, quindi, nonostante gli ammonimenti del marchese Ugo, a mantenere cioè una
debita distanza nei confronti di Wilma, Piero decide invece di soddisfare la sua brama passionale,
per quietare, almeno in parte, un'ansia palpitante
e incombente, che lo sta divorando. Infatti, senza
perdere ulteriore tempo, al momento opportuno,
tenta di convincere il regista Federico a considerare l'opportunità di offrire una piccola parte o
quantomeno una comparsa a Wilma, la quale, oltre ad essere stata una delle cause scatenanti di
un conflitto fra il *marchese Ugo* e lo stesso regista Federico, sembra avere acquisito una certa
notorietà, nei pettegolezzi d'alto bordo. Per meglio dire, quei pettegolezzi scomodi che, ai *"piani alti"*, in un certo senso, potrebbero turbare

quella serenità imprescindibile, per non suscitare scandali, dannoso verso quell'onorabilità indiscutibile.

Teniamo sempre presente che Piero è figlio del ministro Attilio, una rispettabile notorietà, sia politica, sia governativa, pertanto uscire dai binari di un mondo, cosiddetto, rispettabile, per inoltrarsi fra le radure dei bassifondi a causa di un fervore amoroso, potrebbe nascondere insidie letali. Ragion per cui, il marchese Ugo, conoscendo la forte emotività di Piero e avendo percepito questo suo coinvolgimento estremamente ardente verso Wilma, in via precauzionale, non omette dal lanciargli dei moniti dissuasivi.

**

*(Voglio rimarcare, per rendere più comprensibile il tutto, che il marchese Ugo, inevitabilmente, ha dei rapporti riservati con il ministro Attilio, come del resto con la maggior parte delle figure autoritarie note, di un sistema politico-affaristico nebuloso intrecciato, basato su negoziazioni estremamente delicate e comprometten-ti.)*

**

Piero, sempre più carico di eccitazione verso Wilma, finalmente ha l'occasione di incontrare il regista Federico al *Kursaal*.

tendo? Ho perso la testa!>>

Inevitabilmente, davanti a queste confidenze che hanno, più che altro, il sapore acerbo dell'adolescenza, Federico non si trattiene dall'esplodere in una risata canzonatoria.

*<<Ah! Ah! Ah! Quando mai l'hai avuta la testa tu? Continuerò a ribadire, fino allo sfinimento, che è ora che metti giudizio! Devi mettere giudizio, perché non sei più un ragazzino dai primi fervori adolescenziali. Scendi giù dalle stelle, bambino mio! La vita non è tutto un sogno. C'è un tempo per sognare, ma c'è pure un tempo per vivere la realtà. Per te c'è Alida! Te lo sei dimenticato? Presto vi sposerete e sarà l'inizio di una vita proficua. Perciò scordatela questa ragazza di quartiere, questa ragazza. ...Accidenti, come si chiama? Ah sì! Wilma!>>*

La conversazione viene, improvvisamente, interrotta dal produttore Luigi, che udendo ancora una volta il nome di Wilma, parecchio incuriosito, chiede ulteriori chiarimenti.

*<<Wilma? Ancora con questa Wilma? Che avrà mai questa ragazza dei bassifondi? Cos'è per caso la gallinella dalle uova d'oro? Eh? La principessa nel baccello? Una cosa è certa! Ha delle grosse influenze magnetiche!>>*

Poi, volgendo uno sguardo, spiccatamente ironico, verso l'irrequietezza di Piero, continua, il dialogo apponendo un'inaspettata richiesta a Federico.

*<<Oh, Federico! Che ne pensi? Quand'è così, convochiamola questa benedetta Wilma, visto che la si nomina spesso! Vediamo che cosa sa fare! Chissà, potrebbe significare, veramente la nascita di una diva. Non dimentichiamo che pure Anna Magnani proviene dai bassifondi romani.>>*

Però, Federico, con un'espressione alquanto scettica, abbassa lo sguardo in segno di disapprovazione. Questo suo gesto così pessimista non è dovuto solo al coinvolgimento emotivo di Piero, ma perché andrebbe ad urtare una figura di una personalità alquanto influente, nei cosiddetti sotterranei del mondo cinematografico, vale a dire il *marchese Ugo,* con il quale non intende assolutamente mettersi in mezzo. Senza contare, poi, che è già stato reduce di una vivace discussione con lui, proprio per questa ragazza.

Dunque, inevitabilmente, il regista Federico non può che esprime il suo più efferato disaccordo alla proposta del produttore Luigi.

*<<Sentite! Meglio farsi gli affari propri e lasciare perdere. Non vi pare che dovrebbe essere proprio il marchese Ugo a segnalarci questa ra-*

*gazza? In fondo Vittorio si è rivolto, in primo luogo, proprio a lui. No? Allora per favore, mettiamoci il cuore in pace!>>*

Il produttore Luigi, che non gode di tanta simpatia da parte del *marchese Ugo*, prontamente ribatte con fermezza e determinazione a Federico

*<<Il marchese Ugo! Il marchese Ugo! Ma chi sarà mai questo marchese Ugo? L'essere supremo? Eh? È bastata una sua intimidazione, che subito, davanti al suo nome, te la fai addosso. Federico, è nostro compito o no, gestire la produzione cinematografica? Bene, allora convocate questa Wilma! Qualcuno sa dove abita? Eh? Cercatela santo iddio! Cercatela!>>*

Un attimo di pausa per un sorso di vino che subito Luigi, disgustato dalla riluttanza di Federico, ribatte nuovamente, con altrettanta determinazione.

*<<Anzi no! Ho in mente qualcos'altro! Oggi stesso farò una visita alla tenuta di Capocotta, ho bisogno di discutere di alcune questioni amministrative, rimaste aperte, con il marchese Ugo, e gli parlerò pure di questa ragazza.>>*

In quell'ambiente cinematografico, l'interesse per Wilma, una ragazza di un semplice quartiere di Roma, figlia di un modesto falegname, sembra prendere quota o, perlomeno, suscitare curiosità, visto l'attenzione con la quale ne sparlano. Il nome di Wilma sta già iniziando a circolare, ovviamente, in forma strettamente riservata, perfino in certi ambienti d'*alto bordo*. Viene percepita come un, cosiddetto, boccone appetibile dagli amanti dell'evasione passionale, per non dire una posta in gioco, alla quale, in forma spiccatamente anonima, si propongono, addirittura, figure autoritarie rispettabili. Ormai è risaputo! Ciò che non si vede, ma che viene descritto con tanto fervore, a lungo andare, inevitabilmente, suscita attrattiva e fascino.

Precisiamo, che per soddisfare certi bisogni intimi e passionali, in particolar modo, dell'alta società, il *marchese Ugo* rappresenta un valido e fidato riferimento. Infatti egli, come se avesse una bacchetta magica, è capace di rendere invisibile qualsiasi scappatella passionale, magari pure extraconiugale, di personalità di un certo rilievo, se non di figure autoritarie di un certo calibro sociale.

**

*Come ho già descritto precedentemente, il marchese Ugo viene soprannominato "Mago Merlino", un nomignolo acquisito per le sue doti intellettive, quasi paranormali, per la sua destrezza nel rendere attuabile, in forma spiccatamente anonima, qualsiasi progetto o affare internazionale, pure governativo e politico che sia, senza il rischio di incorrere in occhi indiscreti.*

*Niente per niente, il marchese Ugo, costituisce un perno attorno al quale vi orbitano le più importanti entità, da quelle criminali a quelle governative e politiche. Non di meno è pure un valido collaboratore della CIA, ma questo particolare ha una storia antica, ancor prima della seconda guerra mondiale, nella quale, dopo esser stato parte integrante dell'Ovra, la polizia segreta del regime fascista, e dopo essere stato un informatore dei tedeschi, si mise a collaborare con l'Intelligence americana, offrendo un significativo apporto, con la "mafia siciliana," allo sbarco in Sicilia. In tutto ciò il marchese Ugo rappresenta un giocoliere di tutto rispetto, con il quale si è arricchito e continua tutt'ora ad arricchirsi intraprendendo affari di un certo peso sociale."*

**

L'incontro fra il produttore Luigi e il *marchese Ugo*, termina positivamente! Il film che si girerà, è largamente sponsorizzato e, come se non bastasse, il marchese Ugo metterà a disposizione pure la sua tenuta di Capocotta. Poi per quel che concerne la figura di Wilma, è tutto a posto, farà le opportune comparsate durante la registrazione del *film*. Fra l'altro, il marchese Ugo promette di occuparsene direttamente, incaricando terze persone a farle reperire il messaggio, con le dovute istruzioni.

Con questo beneplacito, il marchese Ugo, scaltramente, prova a riscattarsi da quel diverbio scatenatosi alla festa con il regista Federico, generato per un futile motivo di donne. Non dimentichiamo che Federico è un valido regista e il marchese Ugo non vuole assolutamente che quel folle dissenso fra loro due, possa continuare e compromettere il loro rapporto personale.

## 11

Nel frattempo, Wilma è avvolta da sogni fatati incredibili. In lei vige, non più solo l'illusione di un miraggio lontano, ma bensì la consapevolezza di una certezza, che ben presto busserà alla sua porta. Magari chissà, se oltre a queste offerte appaganti per il cinema, arrivasse pure un principe azzurro, costituirebbe veramente il massimo del compiacimento.

Wilma è continuamente preda da questi continui abbagli, o meglio, si lascia trasportare senza indugi in un mondo luccicante, pieno di riflettori, che lo zio Giuseppe le pone continuamente davanti.

- *Sei la mia principessa! Non ti dimenticare mai di tuo zio Giuseppe, quando sarai seduta su un cavallo bianco fra le braccia di un Principe. Va bene? -*

Questo è ciò che le ripete continuamente Giuseppe! Vale a dire quei ritornelli che, più di un buon augurio, assomigliano, più che altro, a una sorta di commiserazione, con un pizzico di gelosia, miscelata ad uno sprizzo di invidia. Il tutto sospinto da un'avvisaglia di un lieve turbamento, che inizia, sempre di più, a prendere forma, nello spirito emotivo di Giuseppe.

Giuseppe, quando si trova solo con Wilma, dimentica di essere suo zio, la percepisce, cioè, come una preda da corteggiare, o meglio, da conquistare, se non addirittura una sua proprietà da salvaguardare. In fondo, ultimamente, Wilma si veste e si trucca in modo alquanto appariscente, come se desse già per scontato un suo imminente esordio, negli ambienti di quel mondo maestoso del *cinema*.

È innegabile quindi che Wilma sia vittima di un innegabile manipolazione, da parte di Giuseppe! Infatti, egli riesce a fare breccia persino nei suoi sogni, aumentandone ulteriormente il loro carattere pragmatico, commutandoli, cioè, in una vera ossessione di vita. In fin dei conti, Giuseppe, scaltramente, ha già avuto il beneplacito dal fratello Rodolfo, nonostante il fermo contrasto da parte della moglie Maria, che tenta invano di risvegliare la figlia Wilma da questa paranoia incombente, nella quale lo zio l'ha rinchiusa.

Maria, non passa occasione che non rammenti a Wilma, come un ritornello quotidiano, supportato dalle consuete preghiere, la propria disapprovazione, a un suo eventuale approdo nel mondo del cinema, in quel mondo pieno di depravazione. Queste suppliche dissuasive, conoscendo l'innata superstizione di Maria, danno, più che altro l'idea di un rito esoterico, di una scongiura da evitare assolutamente.

*- Dammi retta, Wilma mia, finché sei in tempo! Non ascoltare lo zio Giuseppe! Lascia perdere quel mondo perverso del Cinema. Toglitelo dalla testa! Avrai solo dolore e delusioni! Fermati figlia mia! -*

Wilma, notando un certo rammarico da parte di sua madre, nel pronunciare queste sue esortazioni, in un primo momento, come per magia, sembra che riesca a coglierne tutto il suo potere rigenerante, ma poi, ogni qualvolta sente lo zio Giuseppe, tutto svanisce.

Questa ormai scontata figura incestuosa di Giuseppe, ovvero di tenero amante nei confronti della nipote Wilma, per ora nessuno in famiglia riesce a rendersene conto. Solo Wanda, con quel

suo spirito di osservazione acuto, riesce a sco-
prirlo, nonostante non venga presa in seria considerazione. Il suo astio efferato verso la sorella
Wilma, in effetti, è dovuto proprio all'invidia
verso quelle attenzioni svenevoli che riceve dallo
zio Giuseppe. Parlo pure delle loro uscite sempre
più frequenti, in cui s'innescano momenti passionalmente intimi. Non parlo di un amore romantico, che, considerando il contesto della pa-
rentela, sarebbe inattuabile, ma bensì di una pos-
sessione morbosa, dalla quale Wilma non sembra
ritrarsi, anzi, al contrario, ne sia fortemente attratta. Per Wilma, tutto ciò, consiste in una novità
esistenziale, uno stimolo a sfogare il suo entusiasmo, consumando questi momenti, spiccatamente
sessuali con lo zio, spesso e volentieri, in una
camera di un ostello o di un'osteria.

Wilma, è sempre più eccitata dalle promesse e
dalle certezze stellari, con le quali Giuseppe riesce plagiarla e dare sfogo così alle sue fantasie
proibite, fortemente represse dal passato. Infatti
Giuseppe ha sempre avuto un debole per Wilma,
sin dall'età adolescenziale, quando, apprezzan-
done già le sue doti femminili, la istigava a ve-
stirsi in modo provocante e a porsi in un modo
particolarmente seducente, davanti ai cosiddetti
mariti integerrimi. In sostanza, era un modo spic-

catamente burlesco, che Giuseppe adottava, specie in spiaggia, per rompere quel muro d'ipocrisia chiamata integrità matrimoniale.

Giuseppe sin da quando Wilma aveva quindici anni le ha continuamente sviolinato la solita cantilena, fino allo spasmo.

<<*Wilma, il tuo sex-appeal è straordinario! Tu sei una diva nata! Pensa a questo! Mia nipote, un giorno, diventerà un'attrice famosa! Non ti preoccupare, penserà lo zio Giuseppe a tutto!*>>

Quest'affiatamento fra loro due, anno dopo anno, è andato sempre crescendo, integrando una morbosità, quasi ossessiva. Ora come ora, non c'è alcun dubbio! Giuseppe controlla la vita intera di Wilma, non lasciandole neppure un margine, una benché minima possibilità per considerare ulteriori opportunità esistenziali, che le dovessero, magari, capitarle.

L'unica strada maestra per Wilma quindi, è quella tracciata dallo zio Giuseppe, in merito a quella famosa promessa che vuole attuare a tutti i costi. Come ho già accennato, l'ostacolo familiare, costituita dal disappunto di Rodolfo, è stato scaltramente rimosso, nonostante il parere contrario della moglie, Maria. Per ora, quindi, Giuseppe ha ancora il campo libero su Wilma, sfogando pure

le sue brame proibite e represse su di lei, prefig-
gendosi di dare adito ai suoi progetti, prometten-
dole di farle avere una futura notorietà come attrice.

# 12

Finalmente, Wilma riesce ad ottenere le prime comparsate nel film *"Lo sceicco bianco"*, del regista Federico. Infatti, il marchese Ugo, grazie alla sollecitudine del produttore Luigi, s'incarica personalmente di farle avere la notizia, però anziché coinvolgere lo zio Giuseppe, come si era inizialmente prefisso, affida il compito alla sua attuale concubina e segretaria, Maria Augusta, detta *Marianna* o *Cigno Nero*. Il marchese Ugo risulta essere estremamente risolutivo in questo! Non vuole assolutamente che un personaggio di quartiere, così insignificante come Giuseppe o, come lo chiama lui, lo *"sguattero"*, interferisca su un'eventuale affermazione di Wilma nel mondo del cinema.

Wilma, a sua volta, non può che accogliere con grande fermento questa splendida proposta d'ingaggio nelle scene di un *film*, a lungo invocata, e venerata.

*Che cosa c'è di più eccitante, di essere partecipe nella produzione cinematografica, nonostante si tratti solo di qualche comparsata?*

Ripeto! Nulla al mondo può equiparare l'esultanza verso questa notizia così acclamata, per Wilma.

Però c'è un particolare che rende Wilma un po' perplessa e di difficile assimilazione, ovvero l'idea, che, anziché suo zio Giuseppe, sia proprio una ragazza apparentemente d'alto bordo, con un abito elegantissimo nero, un *tailleur* per l'esattezza, a darle questa splendida comunicazione.

Non c'è alcun dubbio, la notizia avrebbe acquisito più brio se fosse stato lo zio Giuseppe a trasmettergliela, magari in un ristorante, brindando con del buon vino. Ma non importa! Ciò che conta ora è intravvedere uno spiraglio di speranza ai suoi sogni, ad avere cioè qualche prospettiva, per un eventuale inserimento in un mondo così inneggiato come quello del cinema.

Wilma è al settimo cielo e non perde tempo a trasmettere il suo entusiasmo alle amiche o a chi che sia, escludendo però il fidanzato Angelo.

Le prime partecipazioni, sotto forma di comparse, per la produzione dello *film* lo *"Sceicco Bianco"* vanno a gonfie vele per Wilma. La sua esaltazione è alla base di quel particolare *sex appeal*, che la rende fortemente appetibile, oltre che agli addetti ai lavori, anche al cosiddetto pubblico maschile di un certo ceto sociale rispettabile, che, sfacciatamente, non disdegnerebbe dal considerare con lei, eventualmente, una storiella passionale.

Sì è proprio così! Wilma, con questo suo atteggiamento innato, seppur innocente, di ragazza seduttrice, inevitabilmente riesce a catturare questa sensibilità maschile proibita, cui ogni uomo tende ad alimentare nel proprio subconscio. Non a caso, alcuni, sempre riferito a persone autorevoli, tentano, attraverso canali impropri e discutibili, di aggiudicarsi almeno una nottata fra le grazie di Wilma, nella quale dare sfogo alle loro ardenti intimità sessuali, che insistentemente ribollono nei loro pensieri perversi più nascosti.

**

*(Riguardo a ciò, voglio un attimo aprire una parentesi, per rendere più assimilabile il concetto fin qui descritto. L'aspetto inquietante di questa pratica oscena, relativa a queste persone autorevoli, citate sopra, ovviamente, non è casuale, ma è bensì una consuetudine, allorquando qual-*

che ragazza esaltante dovesse comparire in pubblico, specie nell'ambito sia dello spettacolo, sia in quello cinematografico. Questa pratica disgustosa, oltre ad essere una debolezza fisiologica umana, è una delle tante forme maniacali in cui tende ad esaltare, ulteriormente, l'autorevolezza interiore di certe figure ambigue del potere, siano esse politiche, siano esse governative e siano, perché no, malavitose. Questa, per così dire, tratta, cui queste fascinose ragazze devono sottostare, appartiene a un mondo reale, seppur occultato, visibile solamente dai "piani alti" o a un "mondo di sopra". O meglio, a un mondo celeste sospeso nell'aria, inaccessibile agli estranei o alla gente comune, in cui si cela il potere assoluto, capace, addirittura, di scompaginare persino gli apparati governativi. In fondo la collusione fra il potere politico e la criminalità organizzata, purtroppo, non è fantascienza, come vogliono farci credere quelli della sfera mediatica di questa "Società Civile", con la TV e i giornali, monopolizzati da una, cosiddetta, classe dirigente corrotta fino al midollo.

Questo "mondo di sopra", o meglio ancora, questo "Poter Occulto" ben mimetizzato e invisibile, questo potere dominante sulla "Società Civile", è la sintesi di una radicalità di un sistema male-

*dettamente nefasto e inviolabile, nel quale si de-
cidono le sorti su tutto ciò che si muove nella
collettività.*

*In questa sorta di potere invisibile, giace una
specie di scodella gigante, dalla quale, le personalità autorevoli attingono la ricchezza, ovvero, i
proventi dell'illegalità, elargiti da innumerevoli
canali, sia dal mondo governativo e politico, sia
dal mondo criminale. No, no, non è fantascienza!
Ripeto! Politica e malavita, anche se apparentemente sono due facciate opposte, sono saldate da
un'unica moneta, denominata potere totale.
L'una richiama l'altra, per avere il dominio assoluto su tutto ciò che si muove, sia nel campo
economico finanziario e sia nel campo governativo.)*

** 

Wilma, ormai, attraverso questi consueti rapporti con il *mondo del cinema*, oltre ad acquisire
fiducia in se stessa, riesce finalmente a sprigiona-
re, dalle sconfinate viscere plumbee, le sfumature
ancor più brillanti di una personalità ancor più
radiante. Infatti, giorno dopo giorno, lei si sta
immedesimando in una dimensione decisamente
diversa da quel modo di percepire la vita comune, da quando cioè l'unico modo di vivere in quel
ambiente cinematografico, era, esclusivamente,

sognare ad occhi aperti. Poco importa se dovesse scendere a compromessi poco ortodossi o addirittura intraprendere dei rapporti intimi proibiti, con certe personalità che contano. L'importante è raggiungere quell'aspettativa, quel sogno stellare da sempre bramato. In fondo, tutto ha un prezzo in quest'ambiente, nessuno offre nulla per nulla, e di ciò Wilma ne è più che consapevole.

*Insomma, qualcosa si può pure sacrificare per oltrepassare un portone luccicante, che porta alla notorietà. No?*
Infatti davanti a certe domande indiscrete, di alcuni amici, amiche o persone fidate, del tipo:

- *Ti tireresti indietro se qualcuno che conta o qualcuno importante ti facesse delle avances, o ti proponesse di seguirlo in camera da letto?* -
Come di consueto Wilma, sempre con ironia e con un sorriso raggiante, ripete questo ritornello:

- *Se dovesse succedere, che importa! Che cosa sarà mai una notte d'amore! In fondo non si consuma niente! Tutto a un prezzo! No?* -
Le prospettive di Wilma, sono ormai decisamente chiare e ben delineate. Nulla al mondo, le farebbe desistere dall'ambire a quel sogno, di diventare cioè un'attrice di successo. Neppure le continue lagnanze, assieme ai continui dissapori, che è costretta a sopportare in casa, da Maria, sua

Giuseppe, uno scandalo secondo Massimo, reputando lo stesso Giuseppe uno scellerato, un nulla facente ed incline alla malavita romana. Nonostante tutto però, Massimo e il figlio Angelo, non possono che, *obtorto collo*, stare a guardare e sperare in un ravvedimento di Wilma. In fondo, il forte legame d'amicizia fra Massimo e Rodolfo e l'amore morboso di Angelo per Wilma, non possono essere messi a rischio da una leggerezza adolescenziale. Infatti così dicono, Massimo e il figlio Angelo!

- *Wilma è in preda a una leggerezza adolescenziale, prima di mettere giudizio!* -
Ovviamente Massimo, come un vortice impetuoso, non cessa mai di assillare Rodolfo, affinché, come padre, metta fine a questo scempio.

- *Oh Rodolfo, tua figlia Wilma la devi mettere in riga! Hai capito? Tu, come padre hai il dovere di insegnarle le buone maniere! Wilma deve avere rispetto per mio figlio Angelo! Hai capito? È o non è il fidanzato di tua figlia?* -
Non c'è alcun dubbio! Fra Massimo e Rodolfo è impossibile giungere ad un accordo! Pure nell'altro versante non va meglio: infatti i litigi e le forti imprecazioni fra Angelo e Wilma sono all'ordine del giorno. Per essere più specifici, le loro discussioni oltre che scaturire in scene ol-

traggiose, con insulti piccanti, incorrono in vere e proprie minacce, a dir poco cruenti. Il più delle volte la loro conversazione si limita al telefono, per il semplice fatto che Angelo, essendo in forze presso la questura di Potenza, non può godere di una sua presenza consueta a Roma. La linea telefonica, con urla e strepitii, diventa un cavo, a dir poco incandescente! Wilma, dalla cabina telefonica, ne esce sempre sconvolta, con l'imbarazzo e le convenevoli dicerie della gente, che frequenta il *bar "Il guappo"*. Infatti fra loro mormorano e spettegolano, infondendo giudizi non proprio salubri ai cospetti di Wilma. Le affibbiano un nomignolo alquanto discutibile: *"la Venere in calore"*.

- *Quella femmina non si riesce tenere a bada, nemmeno se venisse il Cristo in persona. Lei deve per forza dare sfogo alle sue inibizioni femminili. È come una cagna in calore! È la "Venere in calore" in persona! Povero cornuto il fidanzato, "lu spuse. -*
Giuseppe come al solito, intercettando questi bisbigli irrispettosi, come un toro scalpitante, si scaglia contro il gruppo, non risparmiando a sua volta dell'ironia provocatrice.

- *Razza di impiccioni! Non vi ha insegnato mai nessuno di farvi gli affari vostri? È la prima re-*

*gola per essere dei veri uomini! Ah ho capito! Ancora dovete crescere di cervello. E tu Guglielmo? Non è meglio che pensi a quella puttana di tua sorella, che batte davanti a Porta Romana? Lo so io, di cosa ha bisogno mia nipote! Le vostre chiacchiere demenziale, tenetevele dentro quel cranio vuoto, di degenerati. -*

Inutile dirlo, Giuseppe anche se, inevitabilmente, suscita un certo malumore fra i preseti, riesce, per così dire, con quel suo tono autoritario, ad avere la meglio su di loro.

*Che sia merito della presenza di Wilma?*

Può darsi! Sicuramente quello sguardo attento di Wilma alla scena, costituisce un valido deterrente per Giuseppe, affinché scagli sui presenti ogni sorta di insulti, per preservare l'onorabilità della stessa nipote. Questa presa di posizione di Giuseppe, gratifica non poco Wilma, che, con un caldo sorriso smaliziato, lo accoglie come un vero eroe.

Con Giuseppe, Wilma si sente al sicuro, è un punto di riferimento sul quale adagiarsi completamente, sforando, inevitabilmente, in rapporti sessuali incestuosi in luoghi strettamente riservati ed appartati. Giuseppe è talmente attratto dal fascino e dall'eleganza della nipote, che un benché minimo gesto di affetto da parte di lei, lo manda in una profonda eccitazione, da cui non riesce più trattenersi. Ovviamente, tutto ciò non è da attribuire ad un amore, ma piuttosto ad un'intesa fisiologica, nella quale sfogare appieno le proprie inibizioni sessuali.

*Che sia un modo, da parte di Wilma, per ripagare lo zio Giuseppe?*

Può darsi! Una cosa è certa, il rapporto fra i due è estremamente armonico. Nulla, visto da fuori, lascia presagire ad una relazione amorosa, ovvero, a ciò che non sia un normale rapporto parentale. Sta di fatto che nessuno in casa, sospetta di nulla, se non la sorella Wanda, con il suo il *sesto senso*. Infatti, una sera, mentre osserva la sorella Wilma intenta a sfoggiare davanti allo specchio il suo vestito, mossa da un'invidia, che ha raggiunto ormai a dei livelli stratosferici, non esita a rivelare con ironia ciò che, di compromettente, è riuscita a scoprire, alzando la voce.

<<*Ecco qua, la futura star! Gli uomini cadranno tutti ai suoi piedi! Ma quanto te la tiri, eh? Sei sempre dietro a specchiarti! Senti principessa! Lo so che ti porti a letto lo zio! Non sono mica stupida! Non sono mica nata ieri! Dimmi! Stasera in quale camera finirete la serata?*>>

Wilma, preoccupata, ma nello stesso tempo, irritata per l'atteggiamento bisbetico della sorella, le si avventa contro, tappandole la bocca con la mano.

<<*Parla piano! Vuoi che senta la mamma? Ci mancherebbe anche questa diceria, per sconvolgere la serenità in questa casa. Sì, perché, come se non bastasse, ti pare che non abbia già abbastanza problemi con Angelo?*>>

Wanda, sentendosi presa in giro, continua a sguainare il suo astio, rimarcando la fondatezza delle sue accuse.

<<*Quale diceria? Mi prendi per scema? Vi ho visto, l'altra sera, mentre ti provavi il vestito in camera che vi baciavate, con la porta socchiusa. Ora ne parlo con mamma!*>>

Improvvisamente, una tachicardia dirompente investe Wilma, mentre, ansimando, tenta di raggiungere Wanda.

<<*No, Wanda fermati! D'accordo ti dirò tutto! Ebbene sì, c'è qualcosa fra me e lo zio Giuseppe, ma è troppo complicato per spiegartelo adesso. Per favore, ascoltami! Ora non ho tempo, ma ti prometto che ti dirò tutto. Siamo sorelle, no? Perché dobbiamo farci la guerra? Dai su, sorellina mia, abbracciami!*>>

Gli occhi di Wanda sono rivolti verso il basso, fissano il pavimento, cercando cioè di eludere

Wilma dai suoi reali propositi funesti, che, piano, piano, invadono le particelle più sconfinate del suo cuore vendicativo, alimentando ulteriormente un forte risentimento già radicato da tempo.

Wanda, nonostante non abbia la benché minima intenzione di scomporsi e di degnarsi ad alzare lo sguardo, in realtà riesce ad assimilare con attenzione le implorazioni di Wilma. Maliziosamente però, continua a tacere, rimanendo in un silenzio funereo, come una quiete prima della tempesta, perché in cuor suo continua a proliferare l'invidia, la maledizione verso quei sogni, quei progetti, alla quale Wilma crede. Non c'è alcun dubbio, un ciclone, prima o poi, sarà destinato a deflagrare in quella flebile quiete familiare, ma non subito però, dal momento che Wanda, vorrebbe sfruttare al meglio questa opportunità. Infatti, meditando a fondo, ci ripensa! Non vuole bruciare le tappe, insomma! Poiché da tutta questa storia, vuole veramente trarre il massimo dei benefici! Chissà, magari escogitando un ricatto proficuo. Senza l'ombra di ogni dubbio, sente di avere un'arma ben affilata in pugno, da potere cioè imprimere agli interessati, alla benché minima occasione dovesse presentarsi. Una vera strategia diabolica, quella di Wanda, che non lascerebbe margini di sorta!

## 13

Wilma, nel frattempo, prende parte a diverse comparse cinematografiche, mettendo a nudo il suo *charme*, ovvero, quel suo fascino innato, sostentato da un entusiasmo stellare. Gli addetti ai lavori non si trattengono dall'imprimere fortemente le mani, per irradiare i meritati applausi. C'è chi afferma, fra i quali il regista Federico, che il punto di forza di Wilma sta proprio nell'abilità di riuscire a mantenere una certa sintonia fra i suoi movimenti e la sua espressione durante i dialoghi, generando un sincronismo naturale perfetto. Il tutto si traduce in una sostanziosa *manna* per le aspettative di Wilma, la quale continua a sognare senza sosta i riflettori e le passerelle, nelle quali sfoggiare come attrice di successo, evadendo dalla realtà oggettiva oppri-

mente, nella quale deve fare i conti quotidiana-
mente.

Wilma, piano, piano, immedesimandosi, sempre
di più, in quel mondo del cinema, inizia già a fare
le prime conoscenze importanti, ricevendo, perché no, pure qualche invito a qualche cena particolare. Ad ogni modo, in questa gavetta cinematografica, è quasi sempre accompagnata
da *Marianna*, con l'incarico, da parte del marchese Ugo, di assisterla o quantomeno di starle
sempre appresso, a causa della sua risaputa vul-
nerabilità, oltre che di tenerla lontana, il più possibile da quel, balordo e rozzo, dello zio Giuseppe. Infatti, secondo il marchese Ugo, la figura
plebea e popolana di Giuseppe, oltre ad offuscare
le doti seducenti di Wilma, equivarrebbe a una
macchia sudicia in un contesto, cosiddetto, puro,
di un mondo rispettabile. Pertanto, rivolgendosi
a *Marianna* con risolutezza, il marchese Ugo le
impartisce una raccomandazione.

<<*Fai in modo che quel buono a nulla e zoti-
cone di Giuseppe stia alla larga da Wilma.
Non lo voglio tra i piedi quel pidocchio! Comunque, per tutta sicurezza, gli farò reperire il messaggio dai suoi compari, gli sguatteri di quartiere. Se non dovesse capirla con le buone lo capirà
con le cattive.*>>

**

*(Per la precisione, gli sguatteri, per l'alta so-
cietà, non sono altro che i componenti di quelle bande malavitose che operano nelle rispettive
borgate romane. Esse costituiscono, spesso e volentieri, dietro compenso, la manovalanza locale,
ovvero, coloro che si sporcano le mani, per soddisfare certe esigenze illecite da parte di personalità autorevoli, in questo caso, dal marchese
Ugo, che ne designa a terzi la gestione.*

*Marianna, ovvero, Anna Maria, detta anche
il Cigno nero, per il suo lungo collo, come ho già
avuto modo di menzionare precedentemente, è la
segretaria personale del marchese Ugo, che funge pure da amante e da scagnozza fidata. Essa,
ha un debole per il marchese Ugo, non perché ne
sia innamorata, ma bensì perché ne è infatuata,
per il ruolo di personalità imponente che ricopre
nell'ombra della "Società Civile". Infatti, come
ho già indicato più volte, il marchese Ugo, equivale a un punto vitale, un riferimento, un fulcro,
nel quale ruotano grossi interessi, pure quelli internazionali, coinvolgendo, senza meno, certe
personalità influenti di un mondo prestigioso, da
quello criminale a quello politico e governativo.
Per così dire, un "Mondo di Sopra", il "Potere
Assoluto", il "Potere Occulto", invisibile dalla*

*collettività mondiale, in cui vengono manipolati, nel modo più indegno e riprovevole, le sorti di tutto ciò che si muove nell'ambito commerciale, finanziario, governativo, politico, criminale, per mettere a segno interessi di qualsiasi natura esse siano. Basta mi fermo qua!*

*Scanso equivoci, inoltre, tengo a precisare che, riguardo a questa apparente dimensione mostruosa super galattica, citata poc'anzi, sebbene non abbia nessuna attinenza diretta con il tema di questo romanzo, non posso fare a meno di menzionarne il suo carattere onnipotente, in quanto costituisce un elemento essenziale, in cui gravita il profilo e l'attività di uno dei personaggi principali, vale a dire, quello del marchese Ugo.)*

**\*\***

Nel cuore battente di Wilma, oltre all'entusiasmo, per gli stupendi complimenti ottenuti dalle comparsate, durante le produzioni dei rispettivi *film*, sta prendendo sempre più piede un sogno, cioè il folle desiderio di essere presa in braccio, come nelle fiabe, da un ipotetico *principe azzurro*. Infatti, con un sorriso fanciullesco, viene rapita da un vortice che la sospinge verso una dimensione fantastica, dove cioè regna l'appagamento, verso qualsiasi volontà espressa, immagazzinata sin da quando era ragazzina.

*Forse una maga turchina, con una bacchetta magica, la sta proiettando verso un mondo fatato?*

Una cosa è certa! In questo mondo luccicante, Wilma s'immedesima in una figura che lei stessa ha procreato, in un'immagine di diva, mettendo temporaneamente da parte la propria identità reale o, meglio ancora, rinchiudendola in uno scrigno con i relativi problemi esistenziali e familiari. Sì è veramente così! Ciò che Wilma sta vivendo ora, è proprio una sorta di doppia personalità, per così dire, una recita, dalla quale, in cuor suo, non vorrebbe mai più uscire. È logico quindi che, in una fantasia così prorompente, Wilma perda la cognizione della tangibilità, confondendo il mondo reale da quello dei sogni, in una sorta di miraggio stellare, evocato da una estrema sete di notorietà accompagnata, magari, da un grande amore fiabesco.

Wilma non può non accorgersi di due occhi lancinanti, che continuano a trafiggerla, come una freccia di *Cupido*, imbevuta di un'ardente tentazione. Ovvero di quello sguardo accattivante di Piero che la segue, scrutando il benché minimo gesto o movimento, incurante, fra l'altro, di tutta quell'atmosfera briosa che lo circonda, a una festa annunciata in casa del marchese Ugo.

Finalmente, Piero riesce a concretizzare quel suo desiderio di scrutare quella toccante espressività di Wilma, apparentemente accattivante, seppur *acqua e sapone*, che fino ad ora volteggiava solo nella sua immaginazione emotiva, oltre che su certi spezzoni di profilo descritti dai relativi pettegolezzi, di quell'ambiente autorevole.

Non c'è alcun dubbio! Piero rimane come paralizzato davanti a quel raggio rovente che Wilma emana dai suoi occhi. Per nulla al mondo, perderebbe questa occasione tanto invocata, per soddisfare finalmente quella sua brama incomparabile a qualsiasi altro desiderio. Pertanto, nonostante la presenza, a questa festa indetta dal marchese Ugo, della sua fidanzata Alida, Piero non riesce a fermare i suoi passi, che si dirigono spediti verso quel sorriso sfuggente di Wilma, riuscendone finalmente ad aprire una conversazione.

*<<Da quel poco che ho avuto modo di sentire, dicono che hai le qualità per essere una nuova stella che brillerà sugli schermi. Beh, allora complimenti!>>*

Davanti all'adulazione così smisurata di Piero, Wilma, ancora sotto l'effetto di quell'enfasi emotiva così sdolcinata, non può che rimanerne, per

*Cigno Nero*. Giuseppe sprona fino allo spasmo Wilma a dare il massimo, per catturare l'interesse sia degli addetti ai lavori del *cinema*, sia delle personalità rilevanti della *"Società Civile"*. Infatti, non manca mai di rammentarle sempre il solito ritornello.

- *Wilma ce la puoi fare! Devi essere provocante e sensuale! Come quando ti ponevi davanti a quei mariti segaioli in spiaggia. Te lo ricordi? Devi stimolare e appassionare quei dannati e cornuti ricconi. Mostragli ciò che ti pare, ma falli eccitare! Sono stato chiaro? Dovranno prima o poi sputare! No? -*

Davanti a questo scenario emotivamente accattivante di Wilma, neppure la brama profittatrice della grande amica Concetta rimane in disparte. Difatti, come fosse una *damigella di corte*, le è sempre, più che mai, accanto, sperando di essere trascinata, a sua volta, in quella fantastica dimensione fiabesca di cui la stessa Wilma espone con tanta esaltazione, senza però descrivere la parte tenera e romantica.

Concetta, al contrario di Wilma non è una donna sentimentalmente emotiva! Non si lascerà mai condizionale dal cuore, poiché lei è estremamente superficiale! A lei interessa, più che altro, il lato pratico e il contorno, di un'eventuale storia

amorosa. Ovvero, in un uomo esige, essenzial-
mente, il benessere economico e la notorietà,
del tipo:

" .. . *dimmi chi sei e che cos'hai e come ti vesti
e ti dirò se fai al mio caso*".

## 14

Concetta è una grande amica d'infanzia di Wilma, alla quale non ha mai negato nulla, è stata sempre una valida ascoltatrice a qualsiasi assillo o ad un eventuale problema le si fosse presentato. Però, i consigli di Concetta sono talmente discostanti, dall'indole emotiva e sensibile di Wilma, che, allorquando risultassero praticabili, in realtà non ci sarebbero gli attributi necessari per attuarli.

Tuttavia, a dispetto della profonda discordanza caratteriale fra le due amiche, ciò che conta ora per Wilma è la vicinanza affettiva di Concetta, con la quale, inizialmente, tende ad avere una predisposizione a soccombere per inerzia. In effetti, Concetta non usa mezzi termini, a volte pure ingiuriosi, per avvalorare le sue tesi e i suoi consigli.

*Wilma, cresci! Sei infantile e stupida! Non fai mai quello che ti dico!*

Stupida sì, ma non tanto, visto che, a differenza di Concetta, Wilma, perlomeno, sta integrandosi in un mondo stellare, che fino a nemmeno due anni fa era solo un'utopia. Una cosa è sicura! Concetta muore d'invidia! È praticamente infastidita dall'euforia di Wilma! Quest'atteggiamento particolarmente velato e represso, inevitabilmente, la rende vulnerabile a qualsiasi stimolo colerico, che, però, non trovando terreno fertile in Wilma, è destinato a dissolversi nel vuoto.

Concetta vuole a tutti i costi entrare, a sua volta, nelle grazie di quel mondo luccicante del cinema. Infatti, come una *piattola*, consolida il suo contatto con Wilma, in attesa, per così dire, di un'eventuale occasione propizia. Ovvero, di una breccia, attraverso la quale entrarvi in punta di piedi, come la destrezza esige, come, ad esempio, l'inevitabile incontro con *Marianna*, il *Cigno Nero*, incaricata dal *marchese Ugo* a vigilare su Wilma. Difatti, Concetta, munita di quella sua loquacità impetuosa innata, non spreca il benché minimo appiglio per accalappiarsi, ben presto, un invito a uno di quei consueti *festini*, in cui le gio-

roso e perverso. Viene trascinata cioè in una dimensione tutta fiabesca, nella quale domina la dolce poesia, trainata, per l'appunto, da una melodia incantatrice che ne tempera lo spirito.

Non bastano neppure i continui interventi dissuasori di Concetta, a destare Wilma da quell'incantesimo, da quegli sguardi rimpallanti con Piero, sempre più ardenti che mai. Infatti, queste continue scambi di occhiate così imbarazzanti, non passano assolutamente inosservati, tant'è vero che il marchese Ugo, onde suscitare pettegolezzi, non esita a distogliere, con una forzatura, Wilma da questa situazione estremamente sdolcinata e fastidiosa, tramite l'intervento di Maria Augusta detta *Marianna*, il *Cigno Nero*. Infatti a Wilma viene imposto di accompagnare e intrattenere il *ministro Randolfo*, politico di prestigio, intento a conversare con Vito, fedele amico del marchese Ugo, nonché influente boss della mafia americana. Randolfo, mosso da una prorompente libidine, non esita ad abbracciare Wilma, palpandola sulle natiche, apprezzando quindi l'ospitalità del marchese Ugo, che si sta avvicinando.

*<<Ugo, ma dove le trovi queste donzelle così seducenti? Mamma mia, quanto sono sode! Scommetto che questa giovane donzella è di pri-*

mo pelo!>>

Il *boss* della *mafia americana*, Vito, non riesce a trattenere la sua risata spavalda inconfondibile e, rivolgendosi a Randolfo, non si trattiene dal lanciare una battuta sarcastica, anticipando la risposta di Ugo.

<<*Ah! Ah! Eh! Eh! Caro il mio scriba o politico, o come cavolo io ti debba chiamare, la ragazza è soda perché è in calore. Devo insegnarvi io, a voi politici, questi accorgimenti sessuali? Per il sesso la donna italiana è la migliore al mondo. Non ha eguali! Fidatevi di quello che dico!*>>

Il tempo necessario per dare un tiro allo spinello che il *boss* Vito continua il dialogo, dando una pacca sulle spalle a Randolfo.

<<*A proposito! Io mi domando spesso: ma voi politici beccamorti, riuscite ad avercelo duro quanto ce l'abbiamo noi? No, perché si dà il caso che ci veniate sempre a presso, a romperci i coglioni, in cerca di un sostegno. Beh in questo caso, caro il mio politico, con questa ragazza mica te lo posso raddrizzare io, se ce l'hai stanco e moscio. Dai su, fai vedere che sei un uomo! Tira fuori lo stoppino e mettilo a bagno! Ah! Ah! Ah! Dai su! Coraggio, piccolo grande uomo politico e ministro dei miei coglioni! Ah! Ah! Dai su,*

*caro Randolfo finisciti prima lo spinello di erba,*
*poi respira un po' di questa polvere bianca mi-*
*racolosa che, parola mia, te lo tira un po' su.>>*
Il marchese Ugo non sembra, per niente, gradire
queste scappate provocatorie e umilianti di Vito,
pertanto, interrompe bruscamente il dialogo.

<<*Senti Vito! A che punto sono gli americani*
*con quella rottura di coglioni di Frank Costello?*
*Con quel pericolo vagante? Sono riusciti quegli*
*incompetenti del FBI a condannarlo? A chiuder-*
*lo in gatta buia? Eppure ho fornito le giuste in-*
*formazioni a quelli della CIA. Ricorda Vito! Tu*
*devi prendere il posto di Frank al più presto e*
*devi portare sempre giudizio, altrimenti altro che*
*carcere ti facciamo fare. Ti spediamo ai lavori*
*forzati a vita. Hai capito bene? Cerca di rigare*
*dritto! >>*
Nel frattempo Randolfo, che ancora tiene stretta
la mano di Wilma, ascolta con estrema attenzione
la conversazione, assieme agli altri due esponenti
politici, governativi, sopraggiunti un istante prima. Dal loro sguardo si scorge un sottofondo di
apprensione, come se questo evento, fin qui descritto dal marchese Ugo, di cui ignorano
l'esistenza, possa in qualche modo coinvolgerli o
compromettere la serenità sulla loro attività am-
ministrativa governativa. Pertanto, il marchese

Ugo, scorgendo, dai loro volti questo disorientamento, cerca di rasserenarli minimizzando l'evento.

<<*Siate tranquilli! Di che cosa vi preoccupate? Nulla è cambiato! Tutto fila liscio come preventivato. Abbiamo solo tolto di mezzo, con le buone, il nostro caro ed amato Frank Costello, perché ultimamente, sarà per la troppa cocaina che sniffava, stava creando dei grossi problemi. Gli abbiamo tagliato le ali per non farlo volare più. Questo è tutto!*>>

Quando si discute di queste questioni interne, particolarmente delicate, il marchese Ugo, come è sua consuetudine fare, si accosta ulteriormente al gruppetto.

<<*Sentite! Fra non molto ci sono le elezioni! Come vi state organizzando? Date prova di preponderanza? No, perché non voglio trovarmi quegli sporchi "bolscevichi" sotto casa. Quelli della CIA sono in apprensione! Eh? Ditemi! Come procede?*>>

Non è sicuramente un caso che, quelli della *CIA*, stiano continuamente in apprensione!

Alle ricorrenti elezioni italiane, non a caso, sono sempre pronti, per ogni evenienza, ad intervenire, servendosi di questo genere di *associazioni massoniche* a cui fa capo il *marchese Ugo*. Tuttavia

febbre passionale altissima, difficile da arrestare. In fondo, c'era da aspettarselo, visto quest'esplosione di ormoni, improvviso! L'eccitazione di Piero era già arrivata alle stelle ormai da un'ora e più, mentre cioè osservava Wilma a esibirsi nella produzione del film, fino all'attesa in auto, in cui le sue palpitazioni tendevano ad accelerare il loro ritmo, man mano che si avvicinava il presunto incontro.

Questo adescamento passionale, era già tutto pianificato fin nei minimi dettagli, con la complicità del regista Federico, nonostante il suo forte dissenso.

*<<Che cosa ti sei messo in testa? No! No, Piero! Non mi chiedere questo! Io non posso essere complice delle tue scappatelle amorose. Non gestisco un'agenzia d'incontri o, peggio, un bordello. Scordati che io ti faccia da ruffiano!>>*

Poi, soffermandosi un attimo per fare mente locale e osservando Wilma seduta a conversare con l'amica, continua il dialogo.

*<<Oh, di' un po' bel "Don Giovanni"! Capisco che ti fumino gli ormoni, ma ti rendi conto che cosa mi stai chiedendo? Di portare nel tuo letto una ragazza, che lavora come comparsa, per la produzione del mio film? Se si venisse a sapere, che figura ci farei davanti alla gente?*

*Senza contare poi del problema che causeresti ad Alida, con la quale ti devi sposare. Sarebbe un gran casino! Credimi! Meglio lasciare stare! Fattene una ragione, caro amico!>>*

Si dà il caso però, che il regista Federico abbia un debole per Piero. Apprezza la sua musica intensa e profonda! Poi, inoltre, sa benissimo di potere contare sulla sua disponibilità, oltre che sulla sua professionalità. Tutti questi elementi fanno sì che, un senso di colpa inizi a prevalere in Federico, riguardo a questa sua reticenza ad aiutarlo. Non a caso, Piero aveva già messo in conto quest'eventuale rigurgito di comprensione da parte di Federico. Bastava cioè colpirlo emotivamente e tutto si sarebbe risolto senza ombra di dubbio.

Sì! Piero aveva già tutto predisposto! Aveva programmato pure di rintanarsi assieme a Wilma, lontano da eventuali occhi indiscreti. Infatti una barca allestita per situazioni estremamente sensuali li sta aspettando! Un letto già abbassato con un copriletto di raso, color rosso bordò, con una rosa color rosso fuoco, adiacente a un tavolo adornato da una tovaglia con merletti, sta per accogliere i due piccioncini in fuga, per qualche momento di riservatezza.

Piero non ha trovato la benché minima obbiezione a farsi prestare la barca dal Enrico! Ovviamente all'insaputa del vero proprietario, ossia il fratello di Enrico, Maurizio, estremamente reticente a permettere qualsiasi intrusione in quel che lui definisce il grande amore della sua vita, ovvero la barca stessa. In sostanza, consiste in un rischio, per il quale Enrico è propenso a correre, per offrire al suo amico Piero, una passione amorosa con la sua *"Giulietta"*. Vale a dire, quella ragazza della quale parlava tanto, attraverso i suoi sogni, come una sceneggiatura di un dramma teatrale struggente.

**

*(Enrico e Piero, hanno un legame a dir poco fraterno, un legame trainato dalla loro propensione all'arte, ovviamente, l'uno dalla musica e l'altro dalla pittura, oltre ad avere come "Shakespeare" il loro riferimento, ossia, la loro bussola di navigazione verso certi mondi emotivamente travolgenti.*

*Un'isola, quella dell'arte, nella quale, i due amici, abitualmente si confrontano, coinvolgendo pure la loro sfera privata, in un linguaggio del tutto viscerale. Sì è proprio così! Perché Piero e il principe Enrico sono veramente due artisti! E come tali adottano il linguaggio dell'arte puro, universale e profondo, che sbaraglia qualsiasi ostacolo e regola, imposta dalla cosiddetta "Società Civile". Parlo di questa "Società Civile" in cui viviamo, che acceca la collettività, imponendole una sua diottria basata solo sul denaro e sul profitto. Per meglio dire, essa priva la gente di ogni alimento spirituale o, più semplicemente, toglie loro i viveri necessari per alimentare la fantasia, la creatività e la purezza di quei sogni fantastici e remoti, simili a certi sospirati desideri infantili e innocenti.*

*Sì! Enrico ha ragione e non è sicuramente un maniaco della spiritualità! Questi falsi teoremi esistenziali che la suddetta "Società Civile" insegna e impone già all'età dei 10 anni di vita, distrugge la creatività e la fantasia dell'essere umano, in cui si cela la vita, vanificando ogni speranza di riuscire a vedere aldilà del proprio naso, o meglio, a percepire ogni singola particella di ciò che circonda la nostra esistenza, rapportandola poi alla nostra stessa vita.*

*Lo spirito umano è come un volatile, alla quale gli vengono tranciante le ali impedendogli di volare verso i cieli aperti, verso spazi infiniti, alla ricerca cioè della vita vera, che è nutrimento autentico della sapienza, traducendosi in una profondità di pensiero, in una percezione intuitiva unica. Vale a dire, una sapienza pura e autenti-*

**129**

*ca! Non quella di certi presunti professori, dotti, o pavoni intellettuali, schiavi della loro presunzione, che si arrabattano dentro una gabbia d'ipocrisia e d'ignoranza a dir poco cronica.*

*Piero adora il modo in cui Enrico riesce a rappresentare le sue teorie filosofiche, attraverso le sue opere o i suoi dipinti, quando cioè riesce a sincronizzare i suoi battiti emotivi nei calchi delle sue rappresentazioni artistiche, con la stessa dinamicità e armonia presente in un mondo galattico infinito.*

*Per Enrico tutto ciò che è presente in natura è dinamico! Dice che persino i sassi detengono una vita! Ovvero, che emettono segnali o suoni, percettibili però solo da una profondità di pensiero particolarmente autentica, libera cioè dalla solita gabbia di falsi e banali preconcetti, con la quale, ripeto, questa "Società Civile" distorta, prepotentemente e sfacciatamente, ci impone, senza riserve.*

*Enrico, con questa sua forma particolarmente profonda di rappresentare la vita, inevitabilmente, non può che contagiare l'amico Piero, rafforzando in lui un ideale spirituale unico nel suo genere.)*

**

Questa caratteristica di Piero acquisita da Enrico,

inevitabilmente sarà destinata a scontrarsi poi con le aspettative del padre Attilio, nota figura politica e ministeriale, inserita nell'ambito istituzionale. Intatti fra loro non può che consolidarsi un dissidio profondo, tant'è vero che, non passa momento, in cui, una banale conversazione, non degeneri in una polemica fuori controllo.

Attilio, con uno sguardo acuminante e preoccupato, non riesce a distogliere l'attenzione dal figlio Piero, il quale a sua volta non esita a respingerlo con quel suo atteggiamento irrispettoso, quasi patetico nello stesso tempo.

*<<Che hai da osservarmi con quello sguardo da ebete? Chi ti credi di essere con quell'aria da macaco vestito a festa?>>*

Poi alza il braccio, lanciando un'ulteriore affermazione ingiuriosa, davanti all'impassibilità di Attilio, intento a rimuginare, per trovare una risposta plausibile all'atteggiamento così irriverente nei suoi riguardi.

*<<Guardatelo! Guardate l'uomo potente, il prossimo presidente del consiglio. L'uomo che guiderà l'Italia verso un futuro roseo e promettente. Peccato babbo, che tu abbia un figlio fuori dagli schemi di onorabilità, o meglio, fuori da quella gabbia di quegli allocchi pervertiti vestiti da puritani e benpensanti. Che disgusto!>>*

**131**

Riprendendo poi fiato, per un'effimera pausa di riflessione, riprende il dialogo, con lo sguardo del padre apparentemente indifferente, seppur carico di pensieri sempre più inquietanti.

<<*A proposito quel pervertito del marchese di Capocotta! Sì! Sto parlando proprio del marchese Ugo! È sempre la grande figura di spicco per le vostre faccende private? In tutto questo tempo, cioè da quando me l'hai fatto conoscere, non sono riuscito ancora a comprendere che ruolo abbia veramente con voi politici o con voi del governo. Sì! Perché trattasi di una figura così scellerata, che emette un tanfo così putrido da voltastomaco! Bah! Sono fatti vostri e non voglio sicuramente entrare nel merito, ma, per favore, non ti permettere di farmi la paternale riguardo al mio stile di vita.*>>*

Finalmente il Attilio si desta da quel silenzio apparentemente contemplativo, ovvero, da un'attenta e un'angosciante riflessione, inerente a quel atteggiamento così ribelle di Piero. In tal senso, ovviamente preoccupato sulle eventuali intenzioni sovversive del figlio, con estrema durezza, non gli rimane altro da fare che ammonirlo dall'esimersi di intraprendere eventuali azioni mediatiche sediziose.

<<*Hai detto bene! Ciò che avviene in politica*

*e al governo, sono fatti che non ti riguardano, semplicemente perché sei ignorante in materia. Quindi non ti permettere mai più di esprimere dei giudizi così avventati e così sconsiderati. Fai quello che ti pare della tua vita, ormai sei grande! Però abbi la compiacenza di comportarti con decenza! Almeno questo me lo devi, visto che sei sempre mio figlio e che, ogni tua eventuale azione scostumata, ricadrebbe sempre su di me. Sono stato chiaro?>>*

Piero non sembra avere il benché minimo dubbio sulle affermazioni deliberate poc'anzi dal padre. Infatti, a parte l'obbligo di mantenere una condotta ammodo, che il ruolo professionale del padre esige, riconferma il suo totale disinteresse al mondo politico.

*<<Non ti preoccupare per la poltrona che ti porti sempre appiccicata alle tue natiche. Non sono così ingrato da mettere a repentaglio la tua carriera, in quel lurido mondo, in quella gabbia di avvoltoi spennacchiati. Per l'amor di dio, lasciami vivere la mia vita, fuori da quel mondo di idioti vestiti a festa.>>*

Quindi, Piero non disdegna affatto di avere delle responsabilità comportamentali, onde preservare il buon nome della famiglia. Tutt'al più, in lui inizia a prendere sempre più corpo un pensiero ribelle, quello cioè di ripudiare il proprio padre. In fondo, ora più che mai, a parte i loro contrasti esistenziali, fra loro null'altro hanno a che spartirsi!

Questa drastica eventualità di Piero, di allontanare cioè il padre dalla sua vita, per ora non riesce a trovare sbocco, visto la complessità parentale. Pertanto, in cuor suo, si sente come un recluso dentro una gabbia di un perbenismo dominante, che non lascia margini, a quella sua caratteristica spiccatamente libertaria. Mi riferisco al suo spirito idealista, di quel suo mondo spiccatamente artistico, che esige spazi immensi. Infatti, Piero, mosso da un'irreversibile e connaturata nostalgia, spesso non perde l'occasione per riaprire quell'involucro emotivo infantile, leggero e fantasioso, che deliberatamente non ha mai archiviato. Il tutto per assaporare gli aromi e i profumi di uno spazio temporale vissuto, legato a certi sogni stellari, in cui le emozioni tentavano di concretizzarsi, nonostante risultassero irraggiungibili, come astri lontani anni luce.

Come abbiamo già notato, questa profonda ed antica percezione visiva di Piero, legata cioè alla creatività artistica, riesce a fondersi con l'indole fantasiosa dell'amico Enrico. Infatti, i due, come cosmonauti su una stessa navicella intergalattica, sono legati da un unico filo conduttore, da un'unica percezione artistica, seppur con modalità diverse di espressione, l'uno attraverso la musica e l'altro attraverso la pittura.

## 16

Su quella barca, Piero e Wilma, avvolti da una nuvola solitaria di un sogno suggestivo e surreale, vagante nello spazio infinito, cercano di fondere qualsiasi benché piccola pulsazione che li accomuni, per creare un manto eccitante, sul quale crogiolarsi assieme alle loro passioni represse. Neppure una parola, neppure un flebile suono esce dalla loro bocca, se non un respiro tamburreggiante, modellato dalle mani di Piero che, come ferri arroventati, fondono la pelle vellutata di quel viso immobilizzato di Wilma.

In questo contesto così passionale, nel quale non esistono risposte, non esistono parole, non esistono pensieri, inutile pretendere di identificare le profonde emozioni che li avvolgono, in questi istanti. Fra loro s'interpone solo una forza surreale, forse trascendentale, la quale, non offrendo nessuna possibilità di scampo, paralizza le loro anime, rinchiudendole in una magica bolla gigante. Sì, è proprio così! Una forza magica, racchiude le loro anime in una grande bolla, ovvero, in una vistosa barca a vela, ormeggiata sulla banchina del molo, apparentemente vuota e inanimata, in cui si sta consumando, il primo capitolo di una storia d'amore profonda, da tempo bramata fino al midollo. Una passione viscerale proibita, con la quale Piero, impulsivamente, pensa persino di barattare l'attuale modello di vita agiata e la sua carriera di musicista, come un patto surreale stillato al destino, o meglio, ad una forza celeste onnipotente. Inutile dirlo, Piero si lascia trascinare a peso morto, come un ragazzino ai primi amori, in quel vortice di emozioni fuori controllo.

Wilma, a sua volta, o meglio la *Cenerentola* della situazione, riesce finalmente uscire dalla nuvola dei suoi sogni, scorgendo quel principe tanto bramato, avvolto da certi riflessi stellari accecanti.

*Che sia veramente una forza magica del destino? Che sia opera di una fata armata di una bacchetta d'orata magica, come nella fiaba di Cenerentola?*

**137**

Una cosa è certa! Wilma crede alle fiabe e, in questo preciso istante, vive integralmente quell'atmosfera preesistente fantastica, come un sogno che prevarica la realtà occultandone l'esistenza.

Piero e Wilma, in cuor loro, cercano, entrambi, di materializzare quel sogno chimerico, per assaporare il benché minimo impulso emotivo, fino al limite dell'eccitazione. Non c'è che dire, l'occasione è unica e il frutto della passione, benché proibito, va gustato fino all'ultimo respiro. Ormai nulla può fermare questa loro eccitazione fuori controllo! La realtà che li circonda ormai ha perso consistenza! Non ha più alcun valore!

Lo sanno tutti! È nello stile di *"Cupido"*, non lasciarsi sfuggire le proprie prede, come in questo caso, immergendo Piero e Wilma nel mondo della passione, in quell'atmosfera a dir poco folgorante, per poi, come un guardone scellerato, inneggiare le proprie conquiste, prendendosi beffe della razionalità. Una ragionevolezza che, nel caso dei due, prima o poi, sarà destinata a riapparire dalla foschia densa, di quell'enfasi così caramellosa, per poi esigere, con altrettanto vigore, un conto a dir poco salato, lasciando una lacerazione profonda, resa ancor più traumatizzante dalle rispettive collocazioni sociali.

In effetti, entrambi, sono legati da un segno indelebile, o meglio, sono vittime di convulsioni emotive perforanti, che offrono ormai solo dei flebili margini esistenziali alla loro sfera privata.

Wilma ormai carica di rigurgiti apprensivi, non riesce a tenere fede alla promessa del silenzio fatta a Piero, pertanto sospinta dalla curiosità ossessiva delle amiche, in particolar modo da Concetta, inevitabilmente inizia a lasciarsi andare in confidenze sempre più profonde e compromettenti.

*<<Ti immagini Concetta! Ho una storia con Piero, il grande musicista, il principe dei miei sogni. Oh, finalmente posso iniziare a sperare e, chissà, pure a fare dei progetti, per un futuro insieme.>>*

Quell'incantesimo succulento e fiabesco di Wilma, viene rotto, improvvisamente da una spada affilata d'invidia trafiggente, per meglio dire, dalla risposta sarcastica e irruenta di Concetta, che non le lascia scampo.

*<<Sì! Ecco qua, Giulietta che pensa al suo Romeo che non vede più. Cara mia, il tuo Romeo ha voluto solo divertirsi! Tu sei stata solo il suo giocattolo, o peggio, una valvola di sfogo. Io ormai li conosco quei tipi! Se fossi stata in te*

*mi sarei fatta pagare! Eccome se mi sarei fatta pagare! Pensa! Quella sera, alla festa del marchese Ugo, ho ricevuto delle proposte, a dir poco oscene, da certe figure eccelse e onorate. Addirittura, un politico di spicco, mentre mi palpava, trascinava la mia mano fra le sue gambe. Che porco! Però rimane pur sempre un galantuomo, dal momento che mi ha pagata.>>*

A fronte di questa rivelazione così perversa, improvvisamente l'espressione di Wilma cambia umore. Alcuni pensieri demolitori tentano di scalfire il suo castello romantico, eretto a fatica e tanto bramato. Non c'è alcun dubbio! Ciò costituisce il primo tentativo di cedimento di quel fatidico mondo fiabesco, nella quale Wilma, è imprigionata assieme alle illusioni sdolcinate, con ancora il ricordo di quelle emozioni uniche vissute con Piero, in profonda intimità, su una barca ondeggiante.

*- No, no, non può essere vero! Il mio cuore non sbaglia! In lui ho percepito tanta dolcezza e sentimento. -*

Tuttavia però, le deduzioni così snaturate di Concetta, espresse poc'anzi, seppur affliggenti, non riusciranno sicuramente a distruggere le aspettative appassionate di Wilma, alle quali continua a credere fino in fondo, senza un attimo di tregua, nonostante la chimerica realtà.

Wilma, dal canto suo, con un sorriso innaturale, che tenta di fuoriuscire dalle sue labbra, vorrebbe smussare un nodo alla gola, che le contrae quel suo cuore ribelle indomabile, ma ciò non basta a rendere innocuo un dubbio, legato a un'afflizione, che continua a lievitare sempre di più.

*Fino a che punto, Wilma, riuscirà a reggere quelle acque tempestose travolgenti, che continuano incessantemente a levigare il suo umore?*

Ormai non può più nascondersi dietro ad un semplice mal di testa o dietro a un dolore ai piedi perenne. L'irritazione della sorella Wanda è arrivata ormai al culmine! Non sopporta più di vedere Wilma sempre assente, rinchiusa in camera a sfregarsi continuamente i piedi, con i soliti gemiti irritanti, esigendo poi dalla madre i consueti pediluvi.

Wanda va in escandescenza, non risparmiando espressioni a dir poco minacciose, alla sorella.

*<<La nostra cara principessa come sta? Il principe ancora non arriva? Oh, come facciamo? Senza i suoi baci appassionanti i piedi non guariscono!>>*

Poi, soffermandosi un attimo ad osservarla con

occhi infuocati d'insofferenza, senza più controllo, si arma di una scopa scagliandosi su di lei con irruenza

<<*Via da qua! Vattene da questa camera o te li aggiusto io quei piedi da principessa! Te li faccio a fettine! Vattene! Vattene! Vattene!*>>

Ormai Wanda non sopporta più quella vanità eccelsa di Wilma, mischiata a quella sua espressione di *"principessa nel baccello"*. Questo fattore contribuisce a rendere Wanda vulnerabile agli attacchi schizofrenici di cui soffre, sin da quando era bambina. Tutto ciò preoccupa non poco Maria, la madre, la quale, a sua volta, richiama nuovamente Rodolfo, perché intervenga drasticamente sulla vita di Wilma.

<<*Rodolfo, così non si può più andare avanti! Wilma deve iniziare a mettere giudizio! Da quando ha a che fare con tuo fratello Giuseppe è diventata una scema, proprio come lui. Santo iddio, dorme in piedi! Non vedi? Deve finire questa storia! Attrice, attrice, ma quale attrice, è ora che metta giudizio e che pensi a farsi una famiglia con Angelo!*>>

Davanti a questa ulteriore angoscia della moglie e a quei continui contrasti in casa, Rodolfo inizia a prendere in seria considerazione l'appello di Maria, tant'è vero che passa alle maniere forti, ovvero, ammonendo Giuseppe, a tenersi alla larga da Wilma, senza offrirgli ulteriori spiegazioni.

*<<Basta Giuseppe! Questa storia con Wilma deve finire immediatamente. Non chiedermi perché o per come! Deve finire e basta!>>*

Giuseppe, non sapendone il vero motivo, pensa subito ai rapporti incestuosi che ha avuto con Wilma, o meglio, dà per scontato che ne abbia parlato in casa. Pertanto, per l'imbarazzo, non gli rimane altro da fare che acconsentire in silenzio, con un semplice gesto del capo. In fondo, già da diversi giorni, si iniziava a mormorare al *bar* qualche diceria in merito, dato le loro frequentazioni assidue e il loro affiatamento.

Una cosa è certa però! Giuseppe ignora completamente l'intesa amorosa fra Wilma e Piero! Non sa neppure del loro incontro intimo, consumato su una barca a vela. D'altro canto, Wilma, data la delicatezza dell'episodio, e le dovute raccomandazioni di Piero a mantenere la riservatezza, non ne ha fatto parola con nessuno, ad eccezione dell'amica Concetta, alla quale ha dovuto cedere, davanti alla sua perspicacia.

## 17

In merito all'episodio intimo consumato con Wilma su quella famosa barca, Piero si trova a dover fare i conti con un conflitto interiore. Infatti benché tenti in cuor suo di circoscrivere l'episodio, come a una consueta scappatella, del tipo *mordi e fuggi*, in realtà, certe emozioni pungenti fuori controllo, non gli danno tregua, arrivando a colpire la gola con dei rigurgiti fastidiosi. Non riesce proprio a soffocare quelle estreme eccitazioni sensuali provate con lei! Quella sua espressione particolarmente genuina, assieme a quella sua pelle morbida, estremamente calda, miscelata a quei sospiri veri ed unici, sono come il canto delle sirene, che plagiano la sua anima, otre che la sua mente.

Come una farfalla candida e leggera che si libera

da un bruco ormai logoro e rinsecchito, così Piero si libera dalle consuete scorie quotidiane, per addentrarsi in un nuovo mondo, per così dire fanciullesco, inseguendo il cuore. Ovvero, egli viene rapito da un sogno accattivante ed eccitante, che si accavalla sulle sue emozioni, prima ancora dei pensieri, senza lasciargli alcun margine di fuga.

Non c'è che dire! Una ragnatela tessuta con filamenti di eccitazione, avvolge Piero mummificandolo, paralizzandolo mentalmente, senza che se ne renda conto. Non passa sicuramente inosservato il suo stato d'animo, così stravolto! Tuttavia, la gente, non conoscendone la vera fonte, attribuisce questo suo stato d'animo ad un periodo logorante dovuto al lavoro, al rapporto con il padre Attilio o addirittura ad un eventuale batticbecco con la fidanzata, l'attrice Alida, dalla quale già si prospetta, a breve termine, un matrimonio. Però c'è chi, come il marchese Ugo e il regista Federico, comprendendone la vera ragione, iniziano ad attivare i dovuti accorgimenti.

Il regista Federico avvolto dai sensi di colpa, in parte dovuto alla sua complicità, per aver contribuito all'insorgenza della storia amorosa segreta fra Piero e Wilma, si dice pronto a qualsiasi espediente, anche se dissoluto, pur di liberare lo stesso Piero da quel limbo opprimente che, nonostante i giorni che passano, non sembra offrire margini d'uscita. Approfitta quindi di una scena in produzione intima e parecchio sensuale per distrarlo, facendogli notare, in maniera del tutto disinvolta, gli attributi fisici di un'attrice, in mutande senza reggiseno.

<<*Piero ho bisogno di una tua opinione! Che te ne sembra? Questa fascinosa ragazza potrebbe catturare lo spirito libidinoso degli uomini? Eh? Osserva bene le sue curve e quel suo portamento smaliziato e lezioso!*>>

Però questa impudica battuta del regista Federico non sembra catturare appieno l'attenzione di Piero, il quale continua a nascondere le sue ansie, dietro un sorriso parecchio stiracchiato. Federico, allora, mosso da un impulso quasi inquisitorio, afferra Piero per il braccio, trascinandolo in un angolo appartato per sfogare il suo dissenso.

<<*Santo l'iddio, ma che ti prende? Ti sei rimbecillito attorno a quella ragazza di quartiere? A quella Wilma? Eh? Non è così? Risali da quel buco nero in cui sei precipitato! Com'è possibile che tu sia caduto nella trappola di un amore, che profuma di primi ardori adolescenziali? Io ero convinto che tu le dessi una botta e poi via! Dammi retta! Lascia perdere finché sei in tempo,*

*rischi di bruciarti e di metterti nei casini. Fidati!>>*

Piero non risponde subito, ma fissa il pavimento, meditando in silenzio.

*Avrà assimilato il consiglio di Federico?*

Bah, dall'atteggiamento così evasivo, la sua attenzione sembra, più che altro, rincorrere i soliti pensieri proibiti legati a Wilma, che fluttuano verso un abisso senza fine.

Federico però non si arrende e ribatte nuovamente, coinvolgendo l'impegno di quel matrimonio imminente con l'attrice Alida, alla quale Piero deve tenere fede.

*<<Con Alida pensi di fare finta di niente? Ti assicuro che non è stupida e sicuramente non starà a braccia conserte a guardarti quanto sei bello. Ti rendi conto che a breve ti sposerai con lei?>>*

Finalmente Piero, suggestionato, più che altro, dall'assillo di Federico, gli risponde con una voce languida, seguito da un profondo sospiro affannoso.

*<<Alida! Alida! Alida! Basta! Che me ne frega di Alida! Facesse pure quel che le pare! Sono stanco Federico! Sono stanco di seguire certi binari esistenziali prestabiliti, che questo mondo, cosiddetto, moralista m'impone con arroganza.*

*D'ora in avanti voglio gestire la vita a modo mio! Soprattutto voglio andare con chi mi pare! Al diavolo pure la cosiddetta rispettabilità di mio padre! Al diavolo tutti! Che perseguano pure la loro vita come l'hanno prefissata. Io la mia vita la voglio vivere a modo mio!>>*

Federico con un sorriso sornione di sottofondo, come quasi volesse condiscendere le convinzioni di Piero, non si trattiene dal rammentargli le conseguenze mediatiche dannose, alle quali la figura integerrima del padre ministro, Attilio, potrebbe andare incontro, da tutta questa storia.

*<<Capisco questa tua ribellione! Credimi io la penso come te! Purtroppo però sei costretto a sottostare, volente o nolente, alle regole di questa dimensione altolocata, se non vuoi che qualcuno si faccia veramente male. Per esempio, hai pensato alle conseguenze mediatiche negative, che potrebbero ripercuotersi sulla figura morale di tuo padre? Ammettiamo che malauguratamente si venga a sapere di questa tua sbandata, per quella ragazza di quartiere, non pensi all'accanimento dei "media", dei giornali, sulla tua famiglia e soprattutto sulla figura rispettabile di tuo padre Attilio? Ma che ti ha fatto questa Wilma? Quale influsso magnetico ti ha trasfuso? Forse ti ha fatto bere una pozione stregata? In*

*fondo è solo una ragazza dei bassifondi in cerca di una misera notorietà! Niente di più! Apri gli occhi Piero! Scendi sulla terra!>>*

Il peso snaturato di questa, cosiddetta, *società bene*, che Piero, purtroppo, si trova a dover soppesare, lo agita terribilmente, rendendolo intrattabile pure con gli amici. Si trova inevitabilmente a dover percorrere un tragitto esistenziale alquanto arduo, come camminare su un cavo in bilico, con il rischio concreto di andarsi schiantare a terra. Non c'è alcun dubbio! Un conflitto sempre più cruento, logora le pareti viscerali dell'anima di Piero! La sua passione avvolgente per Wilma, si scontra con l'obbligo di preservare la sua impeccabilità, che, altrimenti, come dice Federico, potrebbe disintegrare la rispettabilità della famiglia alla quale appartiene, vale a dire il buon nome del padre Attilio, una figura che ricopre ruoli di estrema responsabilità nel campo politico e governativo.

*D'altra parte, Piero, essendo un personaggio artistico di una certa notorietà, come potrebbe giustificare quell'improvviso ardore profondo verso una ragazza di quartiere, così insignificante come Wilma?*

Inutile domandarselo! Non sarebbe possibile! La soluzione più logica potrebbe essere quella che gli ha prospettato Federico! Vale a dire, liberarsi definitivamente dal giogo infatuante che lo atta- naglia, per considerare la storia sdolcinata con Wilma come un'avventura di passaggio silenzio- sa. Purtroppo, questa soluzione, per Piero, è *più semplice a dirsi che a farsi*, essendo divorato da una sensazione, nei confronti di Wilma, che, come abbiamo già notato, va ben aldilà di un semplice ardore sensuale.

# 18

Le continue espressione sfuggenti di Piero, piuttosto singolari, non possono non insospettire quelle persone con cui si relaziona maggiormente, come Alida, con la quale deve gestire un rapporto prematrimoniale, ormai formalizzato a monte dai *mass-media*, dal quale è impossibile sottrarsi, senza alimentare scomodi pettegolezzi.

Un vero e proprio dissidio, dunque, quello che si sta profilando fra Piero e Alida, senza esclusioni di colpi, lasciandosi andare perfino a manifestazioni oltraggiose, specie da parte di lei, dopo essere riuscita finalmente ad estorcere una confessione.

Alida più carica che mai di astio, non esita a mollare un ceffone a Piero, spingendolo a forza contro uno specchio presente sulla parete.

<<*Sei un idiota! Guardati! Lo vedi, che faccia*

*da pesce lesso che hai! Lo vedi o no? Non ti ver-*
*gogni? Sembri un ragazzino sconsolato, vittima*
*dei primi ardori sentimentali. Cresci una buona*
*volta! Scendi sulla terra! Ho bisogno di un uomo*
*vicino a me, non di un fanciullo sognatore. Fini-*
*scila con la filosofia dell'interiorità e, soprattut-*
*to, stai lontano da quel subnormale di Enrico, il*
*principe che si crede di essere uno "spirito"*
*mandato dall'oltretomba. Ah, ah! Il grande*
*"shakespeariano" pittore! Io dico si può essere*
*più dementi di così?>>*

Poi, Alida, visto l'accentuata impassibilità di Piero, prova a stimolarlo nel suo orgoglio, con un
gesto apparentemente dolce, se non altro per ten-
tare di risvegliarlo da questo coma psicologico,
apparentemente cronico. Infatti delicatamente,
Alida con il dorso della mano, accarezza il profilo del viso di Piero.

*<<Oh, oh! Guardatelo, guardatelo! Oh, pove-*
*rino ha il mal d'amore! Si è lasciato travolgere*
*dal fascino di una fanciulla. Non ha saputo resi-*
*stere e ora piange. Vieni qui piccolino di mam-*
*ma, non piangere, per il mal d'amore.>>*

Come una piuma, che, prima di posarsi, è sospinta dalle correnti d'aria verso l'ignoto, così Piero è
trascinato dalle forti emozioni, che lo trattengono
in sospensione con il serio rischio di rimanerne

travolto completamente. In effetti, per Piero, non è semplice riuscire a saturare quell'implacabile turbolenza emotiva che lo sospinge fra grinfie di Alida, aguerrita più che mai. Infatti, solo una flebile membrana, preserva Piero da una potenziale onda mediatica travolgente, alla quale neppure un eventuale muro di cinta riuscirebbe fermare. Mi riferisco ad una probabile ripercussione scandalistica che, questa falla incontenibile, potrebbe riversarsi sulla figura *politico e ministeriale* del padre Attilio, tenendo conto delle imminenti elezioni politiche.

Ormai è scontato, Piero intende andare avanti a tentoni, deve cioè rivedere assolutamente Wilma, l'unico spiraglio di luce che riesce intravvedere in questo *tunnel* buio, ancora senza luce. Desidera concretizzare una certezza, ovvero una colonna portante dalla quale sorreggersi e rilassarsi, ed avere così la forza di ponderare una soluzione a questo conflitto interiore, che lo attanaglia e che non ha precedenti nella sua vita.

A Piero, l'occasione per rivedere Wilma non tarda ad arrivare, infatti, abbandonandosi in una supplica, riesce per l'ennesima volta, ad ottenere il favoreggiamento di Federico, nonostante il suo disappunto.

<<*Credimi Federico! È estremamente neces-*

*sario che io riveda Wilma, se non altro per ri-*
*prendermi il mio cuore. Devo assolutamente*
*calmare quest'apprensione che regna dentro di*
*me! Ripeto ho bisogno di ritrovare me stesso e tu*
*mi devi aiutare a rivederla di nuovo.>>*

Federico, naturalmente, a fronte di quest'affermazione tanto esplicita, quanto irresponsabile, non può che lasciarsi sfuggire qualche gesto poco ortodosso e inconsueto. Quasi provocatorio, direi! Infatti, schiaffeggia Piero energicamente, se non altro, per ridestarlo da quel sogno fanciullesco sconsiderato. Poi, con un tono intimidatorio, lo invita, per l'ennesima volta, a chiudere definitivamente la suddetta storia amorosa, che, a quanto pare, non avendo freni inibitori, sembra essere destinata a scontrarsi con certe eventualità alquanto compromettenti.

*<<Va bene, ma che sia l'ultima volta! Io non*
*voglio rischiare di perdere la mia reputazione*
*per un insensato come te. Ho la mia figura di re-*
*gista di successo da preservare! Hai capito be-*
*ne? Oh, oh, ci sei ancora con il cervello? Oh,*
*guardami bene! Lo dico una volta sola e non te*
*lo ripeto più! Per l'amor di dio, chiudi questa*
*benedetta storia una volta per tutte, prima che*
*qualcuno si faccia male.>>*

Piero, seppur timidamente, riesce a tirare su lo

sguardo e, mortificato da queste affermazioni così pungenti, con spirito di rassegnazione, non gli rimane altro da fare che rassicurare l'amico Federico.

<<*Sì, hai ragione! Sono un irresponsabile, ma non posso farci nulla se in me vive ancora una passione adolescenziale. Scusa se ti coinvolgo! Lo so! La situazione è alquanto delicata, ma, per dare delle risposte a ciò che logora il mio cuore, non esiste altra via d'uscita, se non quello di ritornare da dove ho cominciato. Ti assicuro che riuscirò a sconfiggere questa mia dannata insicurezza e darò un taglio a questa avventura così assurda con Wilma.*>>

Non c'è alcun dubbio! Piero, in cuor suo, sta vivendo un conflitto esistenziale sempre più cruento. La sua presunta fermezza, benché sia indice di risolutezza verso quelle assicurazioni offerte a Federico, in realtà, confusamente, non tiene conto di quel suo cuore altrettanto ribelle, ormai imbevuto di emozioni estremamente *"calienti"*, che continuano, senza sosta, ad aumentare l'intensità dei battiti, come fossero tamburi da guerra. Questa sua profonda turbolenza crescente, inevitabilmente tende a prevaricare su qualsiasi ragionevolezza, lasciandosi immergere in quell'oceano di passione infinita.

*Questo stato d'animo di Piero, che sia un istinto animalesco sessuale, in preda al periodo degli amori travolgenti? O forse è l'invincibile forza mistificatrice di Wilma, in cerca di una futura vita agiata?*

In realtà Wilma, pur essendo invasata da quell'opportunista dello zio Giuseppe, crede nei sogni. Essa è immersa, più che mai, nel mondo fiabesco proibito di *"Cenerentola"*, in attesa della *fata* provvidenziale, che la conduca dal suo *principe*, per vivere eternamente nel castello di un regno luccicante. Pertanto, nulla lascia presagire, da parte di Wilma, a un'intenzione propulsiva verso l'affare della vita, a parte quella sua inclinazione alla carriera di attrice, ma questa è un'altra cosa.

Nei due, quindi, il tutto si traduce in un amore puro, attorno al quale, purtroppo, vagano insidie, figure opportuniste e senza scrupoli, non escludendo, neppure l'invidia delle cosiddette amiche del cuore, fra le quali Concetta, la più invasiva. Senza contare poi della sorella Wanda, che come un'indemoniata, non perde occasione per ostentare in casa, la benché minima magagna di Wilma, mettendola in cattiva luce sia con il fidanzato Angelo, sia con gli stessi genitori.

Il nuovo incontro fra Piero e Wilma avviene dopo circa una ventina di giorni, da quello avvenuto precedentemente. Come sempre, per rendere realistico l'incontro tra i due e preservare la loro riservatezza, a parte il contributo di Federico, si mostra fondamentale l'apporto di Enrico. Infatti, come in precedenza, il ritrovo intimo avviene sulla stessa imbarcazione, all'insaputa, come sempre, del suo legittimo proprietario, il principe Maurizio, fratello di Enrico.

*Come si può fermare un'onda impetuosa senza essere inghiottiti da essa?*

Piero si trova ad essere piccolo, piccolo, davanti a quel mostro di enfasi ardente che, la presenza fisica di Wilma, genera in lui, dal quale non esistono margini di fuga. Infatti, come un veleno, iniettato da una serpe, che invade ogni benché piccolo angolo del corpo, così Piero rimane paralizzato da ogni stimolo mentale e nervoso, sospinto da una forza prevaricatrice emotiva, che lo trasporta verso quel corpo tenero e accaldato di Wilma, la quale, a sua volta, gemendo per l'appagamento sessuale e passionale, emette sospiri a dir poco asmatici. A parte qualche parola sdolcinata ed accattivante, pronunciata a fatica, non si parla d'altro, vanificando quindi quel proposito chiarificatore, al regista Federico, che Piero ha promesso di attuare. Addirittura questa volta, la loro intima complicità, sembra avere un coinvolgimento addirittura maggiore, fino a toccare gli angoli più sconfinati delle loro attitudini emozionali. Fra l'altro, la suggestione di quest'atmosfera è tale, da indurre Piero a ribaltare drasticamente le intenzioni iniziali, proponendo perfino a Wilma di sposarlo. Ovvero, una richiesta, frutto di un'eccitazione talmente estrema, da non avere precedenti sugli altri rapporti sentimentali attuali e passati. Trattasi, di un'illusione matrimoniale impulsiva, che, inevitabilmente, sarà destinata a sciogliersi come la neve al sole, assieme a quell'eccitazione prorompente del momento, a fronte di una scottante realtà esterna, con cui dovranno prima o poi confrontarsi, con i consueti ostacoli, insormontabili, in esso associati. Nel frattempo però, davanti a questa opportunità magica, finché possono, sono decisi a non disperdere la benché minima briciola di passione, tanto bramata. Ovvero, una serata unica, eccitante e paradisiaca, che sicuramente non può che accentuare il solco di un segno, già di per sé, indelebile di suo, con un sentimento profondo in caduta libera, che non lascia margini di interpretazione, generando, purtroppo, un fardello emotivo sulla loro vita reale, determinando non pochi problemi al loro assetto esistenziale.

Un altro particolare, alquanto rilevante, è che, in quest'ultimo incontro, un ulteriore insidia contribuisca a minare l'equilibrio della loro vita privata, già di per sé pesante. Trattasi cioè di un dubbio, dettato da un ritardo mestruale di Wilma, che costituirà il preludio a un equivoco, alquanto insidioso. Ma lo vedremo dopo!

## 19

Wilma, a fronte di questi sviluppi sentimentali così intensi, così turbolenti, conoscendo la sua natura profondamente emotiva, non a caso, sente il bisogno di confidarsi.

*Però, a chi? In famiglia?*

È alquanto improbabile a casa, visto la profonda demarcazione che la separa da tutto il contesto familiare. Non le rimane quindi lo zio Giuseppe, il quale, come un grande maestro di vita, incita Wilma a non arrendersi. Ovvero a continuare a percorrere il sentiero, che fortunatamente le si pone davanti, per arrogare a una prospettiva stellare, già a portata di mano. Il tutto assiduamente bramato dall'opportunismo dello stesso zio, che interpreta la vicenda di Wilma, come un affare a lungo termine, che potrebbe cambiare pure il corso della sua vita, tenendo conto, ovviamente, del profondo legame affettivo, che li lega.

*<<Wilma! Wilma, bambina mia! Perché sei così preoccupata? Dovresti essere felice e brindare di gioia per avere trovato il tesoro della tua vita. Hai in mano un futuro da gran signora! Il tuo Piero è già ai tuoi piedi e non aspetta altro che tu dica di sì.>>*

Wilma con gli occhi rivolti verso il cruscotto dell'auto, sembra essere travolta dai sogni, mentre Giuseppe la osserva attento, accarezzandole il viso e tirandole indietro i capelli. Poi, scuotendole il mento, non perde tempo a rammentarle di essere l'unico pilastro fondamentale della sua vita e di non dimenticarsene, allorquando facesse parte di una famiglia d'alto bordo.

*<<Ricorda sarai sempre la mia bambina. Tuo zio Giuseppe è l'unico che sa capirti e che ti asciuga le lacrime. Non dimenticarti mai di tuo zio Giuseppe! D'accordo?>>*

Wilma e Giuseppe, nonostante gli ultimi sviluppi, o meglio, i disaccordi in famiglia per la loro frequentazione, si ritrovano nuovamente abbracciati in auto, nella quale lei fra le lacrime e un sorriso fiducioso, continua infinitamente a essere sedotta dal suo vile opportunismo. Infatti approfittando del forte disagio emotivo di Wilma, Giuseppe non si trattiene dal continuare a coinvolgerla in situazioni paradossalmente sessuali, da cui lei, a malincuore, non trova la forza di opporsi. O meglio, interpreta questi atteggiamenti seduttivi dello zio, come un atto dovuto, per ripagarlo di quell'affetto unico e profondo che le offre, che non riesce a trovare a casa. Dal canto suo, Giuseppe, come un assennato, non riesce porre freno alla sua forte eccitazione sessuale maniacale, dovuto in parte a quell'ossessione di controbilanciare il piacere che, una figura così eccelsa e conosciuta come Piero, avrebbe consumato con sua nipote Wilma.

Non c'è alcun dubbio! La consueta e provvidenziale presenza dello zio Giuseppe per Wilma è raffigurato come un autentico *"angelo custode"*, dal quale difficilmente riuscirebbe a privarsene, nonostante le concessioni sessuali alla quale è costretta a sottostare.

## 20

Wilma si trova a dover fronteggiare quindi un bel groviglio sentimentale! Da un lato il fidanzamento con Angelo, un legame combinato in casa, con il quale entro fine anno dovrebbe sposarsi, poi, lo zio Giuseppe, il cosiddetto asciuga lacrime, al quale è intimamente assoggettata, indotta a dover ripagare l'affetto con uno spudorato incesto, infine Piero, il *principe azzurro* che ha sempre sognato, con il quale vorrebbe a tutti i costi vivere una vita fiabesca, presso un castello adornato di merletti. Insomma Wilma, si trova a dover vivere un'esistenza alquanto lacerante, che inevitabilmente non può che ripercuotersi sul suo stato psicologico, già messo a dura prova dai malumori presenti in famiglia. Infatti questo *stress* così deleterio, immancabilmente tende ad accanirsi sul suo fisico particolarmente esposto, causandole un forte dolore ai piedi, di cui soffre sin da quando era bambina, e il ciclo mestruale, che sembra ritardare drasticamente, generando degli equivoci parecchio insidiosi. Soffermandoci, per l'appunto, su quest'ultima eventualità, per Wilma equivarrebbe a un salto nel vuoto, sperando poi in un miracolo divino.

*Supponiamo, che Wilma, malauguratamente sia incinta di Piero, che impatto potrebbe avere nell'attuale realtà?*
Questa cruda eventualità, senza ombra di dubbio, oltre a compromettere la figura artistica di Piero, sarebbe come una vera *bomba mediatica*, con una deflagrazione insostenibile. Essa arriverebbe a rovinare decisamente la rispettabilità del padre Attilio, che, come già sappiamo, è una personalità parecchio influente nel mondo politico e governativo.

*Supponendo poi che tutto ciò sia effettivamente realistico, tenendo conto pure di questo eventuale disagio mediatico, come si risolverebbe l'inghippo? Per caso incutendo un aborto forzato a Wilma? Magari con un accordo segreto, elargendo un cospicuo apporto economico da parte della famiglia di Piero?*

Beh, una cosa è sicura! Non costituirebbe, sicuramente, un problema di poco conto, se non addirittura devastante.

Questo atteggiamento estremamente riservato di Wilma, o meglio, questo suo forte disagio psicologico non viene particolarmente considerato nell'ambito familiare. Tutt'al più addebitano a questa sua inquietudine, all'ossessione per il mondo del cinema, sospinta dallo zio Giuseppe, al quale hanno intimato di stare a dovuta distanza da lei e da casa. Infatti, non a caso, i due si limitano a rapportarsi segretamente in auto.

Ciò che induce Rodolfo a prendere queste misure così cautelative e drastiche nei confronti del fratello Giuseppe, è il sospetto di un rapporto tenero e incestuoso messo alla luce da Wanda, la quale, carica di invidia ossessiva nei confronti della sorella, istintivamente non si era trattenuta dal confidare tutto alla madre. Naturalmente per Wilma questa misura così restrittiva è da considerarsi solo l'anteprima di un divieto a frequentare ulteriormente l'ambiente del cinema, che il padre Rodolfo, sospinta più che mai da Maria, le impone con espressioni particolarmente dure.

*<<Wilma ora basta, devi mettere la testa a posto! La devi finire con queste tue fisse da ragaz-*

*zina viziata. Devi chiudere con il cinema, con quelle tue comparsate disdicevoli. Oltretutto devi portare rispetto al tuo fidanzato, che lavora assiduamente per costruire una futura famiglia assieme a te. Ho parlato con suo padre Massimo e mi ha confidato che Angelo è deciso a sposarti a dicembre. Quindi d'ora in avanti basta! Devi dare ascolto a tua madre! Non voglio più ripeterlo! Va bene! Siamo intesi?>>*

Intanto fuori, riguardo alla vita libertina e scostumata di Wilma, le dicerie iniziano ad allargarsi a macchia d'olio, le varie ipotesi sono oggetto di discussioni, che però convergono tutte su un punto comune, ovvero sulla sua sciagurataggine. La gente non perde occasione neppure per umiliare il fidanzato Angelo, considerandolo un *tontolone cornuto*.

Questa situazione disagevole, ovviamente, non può che colpire nell'orgoglio Massimo, il quale, arriva persino, in un primo momento, a dissuadere tenacemente il figlio Angelo a ritrarsi immediatamente, dall'impegno con Wilma.

*<<O dio Angelo! Quella puttanella la devi lasciare al più presto! Non ti porta rispetto! In giro si mormora che abbia un amante, che le promette la luna in cambio di sesso. Poi, come se non bastasse, qualcuno asserisce che si porti a letto*

*pure lo zio Giuseppe. Figlio mio ascolta tuo padre! Wilma è sporca e te ne devi liberare! Per l'amor di dio, lasciala!>>*

Purtroppo però, Angelo è talmente coinvolto emotivamente che neppure questi ammonimenti di suo padre, bastano per dissuaderlo dal rinunciare a Wilma, per il buon nome e la rispettabilità della famiglia. Al contrario, incarica Massimo di annunciare le prossime nozze a dicembre, già preventivate con Wilma, nelle loro consuete conversazioni al telefono, nonostante lei non sembra essersene mai curata, dimenticandosene. Insomma, Wilma, ormai è invischiata fino al midollo nella nuova storia d'amore con Piero! Pertanto, è logico che non riesca proprio a soppesare i progetti del fidanzato Angelo.

L'ansia di Angelo per Wilma è al limite, oltre alla gelosia ora è subentrata pure la fobia di perderla. Non può assolutamente permettersolo! Sarebbe troppo straziante per lui! L'unica escamotage, che si propone di attuare, è accelerare il lieto evento del matrimonio, che consisterà, ovviamente, in un trasferimento di Wilma a Potenza, conseguentemente a un controllo sulla sua vita, liberandola, per così dire, da una perdizione esistenziale angosciante a Roma.

Un matrimonio, quello esposto da Angelo, che,

*stro* Attilio, dal marchese Ugo, il quale a sua volta, constatando il reale pericolo che, un eventuale impatto mediatico, potrebbe arrecare allo stesso *ministro*, con una tattica depistatrice diabolica, s'impegna a diffondere una sua fantomatica relazione passionale segreta con Wilma. Quest'idea, messa a punto dal marchese *Ugo*, piace talmente al ministro Attilio, da affidargli, senza riserve, l'incarico di rimediare alle eventuali leggerezze di quell'incosciente di suo figlio Piero. Il marchese Ugo, a sua volta, come un vero maestro di vita e con autorevolezza, cerca di attutire l'apprensione di Attilio, confortandolo, oltre ad impartirgli dei suggerimenti, che sanno più che altro d'imposizioni.

<<*Non ti devi assolutamente preoccupare Attilio! I guai di tuo figlio sono sotto il mio controllo! E tu lo sai che farei di tutto per tutelare la tua integrità. In fondo, sono o non sono il vostro "angelo custode"? Se non ci fossi io a parare il sedere a voi politici e ministri, come vi ridurreste? Ve lo dico io! Finireste immersi nella merda fino al collo! Senza contare poi i buoni affari che concludete grazie a me, senza il minimo rischio. Che paraculi siete! Ora però le vacche grasse stanno per finire e i miei amici "boss" sono diventati sempre più esigenti, ma di questo ne par-*

*leremo più in là, dopo le elezioni, quando ritornerete al potere. Non è così? Non vi farete fregare da quegli sporchi bolscevichi, voglio sperare, poiché, oltre alle legnate mie, ricevereste pure quelle della CIA. Ah! Ah! Ah!>>*

Il ministro Attilio non si scandalizza affatto di queste premesse a dir poco indecenti e umilianti avanzate dal marchese Ugo, poiché è una normale e reale consuetudine.

*In fondo il ministro Attilio che motivo avrebbe di contestare queste affermazioni del marchese Ugo, visto che corrispondono effettivamente alla realtà? Poi, tra l'altro, si dà il caso che, in questo frangente siano soli e quindi chi potrebbe sentire la loro conversazione?*

Ciò che preme al ministro Attilio, in questo preciso istante, è di evitare che un macinio mediatico gli precipiti addosso e non si pone minimamente il problema di considerare le provocazioni del marchese Ugo.

*Poi in mano di chi si dovrebbe mettere il ministro Attilio, dal momento che l'influenza del marchese Ugo arriva a smuovere persino il diavolo in persona?*

Ripeto! Non c'è alcun dubbio che il marchese Ugo sia una potenza quasi soprannaturale! Non a caso è chiamato pure *"Mago Merlino"*, avendo i tentacoli presenti in ogni angolo della *"Società Civile"*, da quella *"bene"* fino a quella più famigerata.

Dunque, il marchese Ugo tranquillizza il ministro Attilio, confermandogli che lui stesso si farà carico totalmente dell'inghippo di Wilma, in un modo particolarmente risolutivo. In pratica, l'idea consiste in quella di lasciare trapelare una notizia, seppur ambigua, allo stesso tempo accattivante, che susciti, cioè, l'interesse dei pettegolezzi. Per meglio dire, quello di ricoprire il ruolo di amante di Wilma, per deviare l'attenzione dell'opinione pubblica da eventuali dicerie, di un probabile *flirt* fra la stessa Wilma e Piero. Ovvero arginare un'eventuale bomba scandalistica, dovuta proprio a questa probabile gravidanza di Wilma, come *Marianna* gli ha riferito.

Il marchese Ugo, intanto, con spirito prettamente consolatore, continua incessantemente a rasserenare quest'angoscia incombente di Attilio. Ripeto! Non dobbiamo dimenticare che Attilio ricopre un ruolo di grande responsabilità a livello governativo, essendo un ministro e candidato alla guida del futuro governo.

&lt;&lt;*Stai sereno Attilio sei in buone mani! Penserò a tutto io, personalmente! Ribadisco! In fondo sono sempre il vostro "Mago Merlino" che vi toglie dai problemi. No? E allora siate tranquilli e sereni!>>*

Un attimo di pausa, giusto il tempo di accarezzare il braccio del ministro Attilio e dargli una pacca sulle spalle, che il marchese Ugo, come al solito, non si trattiene dall'affermare il suo importante e indispensabile ruolo di consigliere dell'occulto.

*<<Caro Attilio! Tu non sai quanto mi affascini e mi faccia eccitare l'idea di essere l'angelo custode sia di voi politici autorevoli, sia dei nostri fratelli della cosiddetta "criminalità organizzata". Oh, oh, non sai quanto apprezzi quando vi vedo a braccetto per un unico fine, ovvero per concepire dei buoni affari. Come si dice? Ah sì! Una mano lava l'altra e tutti insieme governeremo il mondo. Pensa! Tanto per rendere l'idea, durante la guerra, l'Intelligence americana, chiese un supporto alla "mafia siciliana" per invadere la Sicilia e da allora siamo tutti un'unica famiglia. Come sai già, io ho dei bellissimi rapporti con la CIA! Tutt'insieme collaboriamo per il traffico di armi e droga! Un vero e proprio gemellaggio affettivo per sostentare il "Potere". Che bella e immensa famiglia siamo! Non è vero Attilio? Dai su! Datti pace che ci pensa il tuo amico a toglierti quel sassolino dalla scarpa che*

*tanto ti irrita.>>*

Un sassolino dalla scarpa, che, ovviamente, ha un prezzo e che inevitabilmente andrà, come sempre, a sommarsi a quel debito comune, per il quale il mondo politico e governativo prima o poi dovrà estinguere con i dovuti interessi e i relativi compromessi o favoritismi. Tanto per rendere l'idea, le elezioni politiche sono imminenti e un accordo con il *"Potere Occulto"* trasversale di tipo *massonico* e le *associazioni mafiose* sono essenziali, se non altro per contrastare un nemico comune come il *"comunismo"*, legato all'*Unione Sovietica*, che sembra piano, piano, prendere sempre più piede nello scenario politico. Tutto ciò si traduce in una vera chiamata alle armi su ordine della *CIA*! Insomma un fronte comune, in cui con i dovuti incontri segreti, si pattuiscono pure affari per un ideale comune: il *"Potere assoluto"*.

## 21

Dunque, ricapitolando! Questa scottante storia amorosa fra Wilma e Piero, nonostante, di primo acchito, possa essere interpretata come una consueta scappatella o il solito capriccio irresistibile di alcune personalità di una certa notorietà, in realtà risulta essere una mina senza controllo e pronta a esplodere da un momento all'altro. Tuttavia il ministro Attilio, nonostante l'angosciosa premonizione che un cataclisma possa, da un momento all'altro, accanirsi sulla rispettabilità della sua famiglia, su consiglio del marchese Ugo, continua a rimanere impassibile ai cospetti del figlio Piero. Infatti, già da dietro le quinte qualcuno si sta già mobilitando a riguardo.

Piero a sua volta, preso dallo sdolcinato romanti-

## 22

Gli inebrianti ed appassionanti sogni di Piero, d'altronde come era nelle aspettative, vengono improvvisamente interrotti da un incontro privato con il marchese Ugo, nella sua villa, grazie alla consueta intermediazione di Maria Augusta, detta anche *Marianna* e *Cigno Nero*, con un dibattito decisamente autorevole, ma affrontato con estrema diplomazia e discrezione. Infatti il marchese Ugo non esita a ricorrere ad artifici subdoli, usando, spudoratamente, la parte infida del suo profilo di faccendiere.

<<*Sei un coglione! Continui a lasciarti travolgere da una prostituta, oltretutto di basso bordo. Santo iddio finiscila prima che sia troppo tardi! Non puoi rovinare la tua vita e quella della tua famiglia, idiota che non sei altro!*>>

Il marchese Ugo, notando in Piero ancora tanta perplessità, si versa ulteriormente del *cognac* nel bicchiere e, decidendo di sguainare l'asso nella manica, si dirige verso la porta, chiamando *Marianna*. In realtà, si tratta di una macchinazione ben pianificata precedentemente, nella quale *Marianna* dovrà confermare l'ingannevole storia appassionante di Wilma con Ugo.

*<<Marianna, confida pure a questo imbecille chi è veramente Wilma! Ossia una ragazza che è disposta a tutto, pure di prostituirsi, per la bella vita e il denaro.>>*

*Marianna*, ovviamente recitando la farsa, accarezza la spalla di Piero fissandolo negli occhi e con un'espressione alquanto stizzita, gli rivela degli sviluppi particolarmente sconcertanti.

*<<Piero mi rincresce dirtelo, ma Wilma sta con Ugo già da qualche mese. Io e Ugo non stiamo più insieme, sono solo la sua segretaria. Fattene una ragione quindi, come me la sono fatta io.>>*

Il marchese Ugo, senza ritegno e in una forma burlesca, senza tenere conto dell'angoscia di Piero, rincara la dose entrando nel dettaglio.

*<<Ah! Ah! Ah! Capisco Piero la tua infatuazione per Wilma. La ragazza è una vera pantera a letto! È davvero una cagna in calore! Farà sicuramente strada la piccola! Possiede le qualità*

*di una vera entraîneuse. La voglio proporre ai miei amici americani!>>*

Davanti allo sconforto angosciante e rabbioso di Piero, il marchese Ugo mantiene sempre un atteggiamento alquanto beffardo e canzonatorio.

*D'altronde che c'è di più elettrizzante per lui, che prendersi beffa di un bulletto borioso con una sceneggiata?*

Il marchese Ugo, non si trattiene neppure di rimarcare le scuse a *Marianna*, la donna con la quale sembra avere instaurato un rapporto, oltre che appassionato, pure di complicità. Ovviamente quelle scuse servono per rendere ulteriormente credibile la *falsa* notizia.

<<*Scusa Marianna, non volevo ferirti, non era mia intenzione menzionare la mia storia appassionata con Wilma, ma è servito a questo babbeo, per aprirgli occhi. Piccola mia rimarrai sempre nei miei ricordi sensuali, più appassionati che mai!*>>

Inutile dirlo, questa notizia così scioccante, a Piero, giunge come una doccia gelata, rendendolo rigido come una statua. Infatti, per un attimo non riesce nemmeno ad emettere il benché minimo movimento. Non sa neppure dove indirizzare il suo odio, se verso il marchese Ugo, per averlo derubato di un amore, di un sogno appassionato, o verso Wilma per essersi presa gioco dei suoi sentimenti. Fatto sta che il suo atteggiamento è sempre più cupo, come un temporale che si presta a scaturire la sua azione devastante.

La forte personalità del marchese Ugo è sempre pronta a soggiogare l'ingenuità di Piero, indirizzandolo sui binari prestabiliti, puntualizzando sulla malafede di Wilma, se non altro, per riuscire estorcere delle informazioni utili sui loro incontri segreti. Piero d'altro canto, con il suo bisogno di scaricare una collera impetuosa, non si trattiene dall'esaudire le curiosità di Ugo, il quale, a sua volta esige un ulteriore conferma.

*<<Quindi, mi stai dicendo che consumavate le vostre passioni sessuali sulla barca del principe Maurizio, grazie alla mediazione di quel pazzo di Enrico, all'insaputa del fratello.>>*

A fronte di questo interrogatorio del marchese Ugo, Piero cerca di minimizzare l'entità delle circostanze, specificando l'irrisorietà degli incontri avuti con Wilma.

*<<Ci siamo incontrati sulla barca solo due volte! In realtà non era una vera frequentazione.>>*

Ugo soddisfatto di come si sta evolvendo la vicenda, non risparmia ulteriori umiliazioni a Piero.

*<<Caro Piero, sei uno sciagurato! Sei un immaturo bamboccione di mamma! Ripeto! Come puoi mettere a repentaglio la reputazione della tua famiglia con una puttanella da quattro soldi? Cresci Piero, ormai sei grande! Tuo padre è in pena! A te non dice nulla di ciò, per rispetto, perché ti vuole bene.>>*

Poi, prende un attimo di pausa, versandosi un altro po' di *cognac*, magari per riflettere, e continua il dialogo, decidendo di esporre a Piero l'incontro avuto con il padre Attilio. In effetti pensa che sia la cosa più giusta da fare, per rimuovere cioè ogni possibile insidia emotiva futura, visto l'ipersensibilità di Piero.

*<<Lo ammetto! Tuo padre è stato da me per chiedermi di aiutarlo a farti ragionare, ma non lo devi prendere come un opportunismo. Credimi! Ti vuole bene e pensa anche a te. Più che altro vuole che non ti metta nei guai con la tua testa dura. Piero, la vita è piena di insidie e devi essere abile a percepirne la pericolosità, per non essere fottuto. Te lo dice uno che persegue i buoni affari in tutto il mondo.>>*

Scaltramente il marchese Ugo non ha esitato ad inquisire e a rigettare il solito atteggiamento ribelle di Piero. Continua cioè a rimarcare le sue responsabilità, facendo leva sulla sua incapacità di avvertire una probabile trappola mediatica devastante, come, in questo caso, quella di Wilma.

A fronte di ciò, è ovvio che Piero, si lasci trasportare ossessivamente da un *"mea culpa"*, dalla quale poi non gli rimarrà altro da fare che avvalorare coraggiosamente le tesi del padre.

*Che sia una liberazione da un incubo che lo attanagliava?*

Una cosa è sicura, finalmente Piero è riuscito intravvedere la luce in un tunnel, che sembrava senza fine.

*Questo altruismo del marchese Ugo, accollandosi cioè tutto l'onere di questa vicenda inquietante di Piero, lo si può attribuire al gesto del buon samaritano di turno?*

Il marchese Ugo, come abbiamo già avuto modo di notare precedentemente, è un abile faccendiere parecchio influente, come un abile giocatore di scacchi, che cerca di preservare i pezzi più importanti, che lo porteranno poi ad intraprendere dei buoni affari. Per questo motivo nulla si compie per un senso altruistico, ma bensì c'è sempre un secondo fine logico, in questo caso un fine politico ben rimunerato e redditizio. Per meglio dire, ogni pedina che occupa un punto focale prestigioso, di un settore alquanto delicato, della vita di questa *"Società Civile"*, va a qualunque costo salvaguardato, come in questo caso, ovvero, il buon nome di un ministro rilevante come Attilio, messo a repentaglio da un pericolo mediatico causato dall'ingenuità e dall'irresponsabilità di suo figlio Piero.

*Un incidente di percorso come questo fin qui descritto, potrebbe minare un affare o un fine politico ben pianificato precedentemente?*

Non c'è alcun dubbio! Persino un ostacolo comune, apparentemente irrilevante, come la storia fra Wilma e Piero, potrebbe essere vitale per un affare strategico, messo a punto dai *"piani alti"*, magari studiato da tempo nei minimi dettagli.

*Ora tornando nel merito di questa storia appassionata tra Wilma e Piero, l'intervento propiziatorio e strategico del marchese Ugo, porterà effettivamente a una soluzione indolore? Oppure il marchese Ugo ha in serbo un piano cruento alternativo o estremo di emergenza?*

Per la soluzione di tale problema, il marchese Ugo, ai cospetti di Attilio, ha lasciato intendere di limitarsi a una semplice manipolazione della vicenda, o meglio, a un trasferimento delle responsabilità, su sé stesso, interponendosi a Piero, come amante di Wilma.

*Se, malauguratamente però, dovessero insorgere delle complicazioni, come reagirebbe il marchese Ugo?*

Il marchese Ugo, davanti ad eventuali condizioni estreme, non è sicuramente il tipo che si lascia travolgere da certe esitazioni emotive, anzi, al momento opportuno, sa essere freddo, spietato e senza scrupoli, pur di arrivare alla meta o a un fine prestabilito, *costi quel che costi.*

lità del principe Maurizio, il marchese Ugo vorrebbe esimersi dal metterlo al corrente dell'abuso che il fratello Enrico avrebbe esercitato sulla sua barca, per soddisfare le esigenze morbose dell'amico Piero. O meglio, per il momento vuole evitare di svelargli il ruolo che la sua barca ha avuto in quella vicenda delicata tra Piero e Wilma, non solo per mantenere un certo riserbo, ma, più che altro, per non aggravare ulteriormente il problema, visto le continue dispute che lo stesso principe Maurizio ha verso il fratello Enrico.

Il marchese Ugo conosce bene il principe Maurizio e sa pure che non sarà sicuramente la sua intrattabilità ad ostacolarlo nel suo progetto, visto il cospicuo debito che, lo stesso Maurizio, deterrebbe nei suoi confronti. In sintesi, il marchese Ugo, per attuare il suo piano, che dovrebbe salvaguardare la rispettabilità di Piero e Attilio, chiede al principe Maurizio, semplicemente, in prestito la barca, facendo leva proprio sul quel cospicuo denaro che ancora gli deve. Una sorta di ricatto, dal quale, seppur *obtorto collo*, non ha la benché minima possibilità di sottrarsi.

*<<Ascoltami bene Maurizio! Capisco la tua riluttanza a concedermi la barca per incontrare la ragazza di cui ti ho descritto, ma si tratta di una questione di estrema delicatezza, che po-*

*trebbe compromettere la reputazione di Piero e di riflesso pure quella di suo padre Attilio.>>*

Se il principe Maurizio, come presumibile che sia, non sembra dare l'impressione di mostrare la sua benché minima concessione a riguardo, rimanendo serrato nella sua intransigenza più ostinata, il marchese Ugo, con un atteggiamento quasi inquisitorio, non si trattiene quindi dal fare riemergere, come stabilito, la parte dolente dello stesso principe.

*<<Maurizio, ti ricordi quando mi pregasti di concederti del credito, per tamponare i tuoi buchi finanziari, relativi al tuo vizio del gioco? Poi sappilo che la colpa, su ciò che sta accadendo a Piero e Attilio, è anche tua. Sì è così! È pure tua!>>*

Maurizio, ovviamente, non può di certo replicare l'aiuto finanziario concessogli da Ugo, ma non riesce ad accettare l'idea di passare come un'irresponsabile e un pezzente.

*<<Sei uno sporco farabutto. Come ti permetti di ricattarmi per coinvolgermi in questa miserabile vicenda?>>*

Il marchese Ugo allora, alquanto irritato e fuori di senno, battendo un pugno sul tavolo, interrompe Maurizio, rivelandogli ogni cosa, continuando cioè a lanciare accuse senza un minimo contegno.

*<<Come vi siete permessi, te e tuo fratello Enrico, di concedere a Piero l'uso della barca, per soddisfare le sue disinibite distrazioni sessuali, con una ragazza di baso bordo? Che razza di maniaci e di pervertiti siete?>>*

Non c'è che dire! Maurizio rimane estremamente scioccato, da queste accuse assurde! In un primo momento, credendo a una disdicevole macchinazione, inasprisce ulteriormente la sua irascibilità, innescando un vero e proprio conflitto cruento. Arriva persino alle mani, strappando qualche bottone dalla giacca del marchese Ugo, che, a sua volta, non meravigliandosi affatto di questo suo accanimento, lo lascia sbollire. Poi gli offre un suggerimento, o meglio, una proposta per mettere fine alla discussione, dalla quale non può, sicuramente, esimersi.

*<<Santo iddio! Maurizio ragiona! Perché te la prendi con me? Io sono qui per rimediare all'imprevisto! Perché non ti confidi con tuo fratello Enrico, per avere la verità?>>*

Si prende poi un attimo di pausa per ponderare, versandosi dell'altro brandy, per poi ritornare di nuovo sul problema con una proposta, che di per sé, potrebbe apparire particolarmente allettante.

*<<Senti Maurizio! Faccio un patto con te! Se*

*ho torto ti abbuono tutto ciò che mi devi, però se ho ragione mi aiuti a districare la matassa. D'accordo? Va bene così? Ora non dirmi più che sono un ricattatore! Al diavolo i soldi che mi devi!>>*

È evidente, l'astuzia del marchese Ugo è talmente sottile che non lascia a Maurizio il benché minimo margine di appello. In sostanza, nella mente del marchese Ugo continua a perfezionarsi ulteriormente il piano, mirando a fare leva sull'evidente scrupolosità del principe Maurizio, per farlo sentire responsabile e invitarlo così a rimediare collaborando, senza costrizioni o ricatti.

A questo punto, il principe Maurizio, con estrema delusione, dovrà fare i conti con l'amara verità che il fratello gli metterà a disposizione. Infatti Enrico, con i dovuti *mea culpa*, davanti al fatto compiuto, non può che confermare la sua correlazione sulla vicenda di Piero e Wilma, descritta dal marchese Ugo. D'altro canto, Enrico non sente Piero ormai da settimane, ossia da quando gli chiese in prestito, per la seconda volta, la barca. Pertanto, non avendo nessuna idea su quali potrebbero essere gli sviluppi successivi, questa irruzione così travolgente di suo fratello Maurizio, appare come un'onda gelata, impossibile da gestire. Non c'è che dire! Si sta scatenando un vero e proprio dissidio fra i fratelli, già profondamente minato per la loro estrema diversità caratteriale, ovvero, l'uno dedito agli affari, l'altro al mondo artistico e spirituale.

Piero, intanto è preso da un risentimento, quasi ossessivo, nei confronti di Wilma. Per meglio dire, continua a meditare, inseguendo una risposta ai suoi interrogativi, sulle rivelazioni di Ugo, secondo la quale Wilma soddisfarebbe le sue esigenze sessuali, per uno straccio di carriera e per soldi. Insomma, non riesce ancora a farsene una ragione! Ancora tanti interrogativi lo assillano! Pertanto, è sempre tentato di continuare a condividere questa farsa angosciante con Maria Augusta, detta anche *Marianna* e il *Cigno Nero*, essendo sempre stata, fino a ieri, il grande amore passionale del marchese Ugo.

D'altro canto per *Marianna* non è cambiato proprio nulla! Lei continua ad essere assoggettata da una passione viscerale verso lo stesso marchese Ugo! Riguardo poi a quella farsa con Wilma, sembra non avere ancora piena fiducia nelle assicurazioni del marchese Ugo, secondo cui, il coinvolgimento di Wilma, nella loro sfera affettiva, è solo fittizio, da attribuirsi principalmente solo ad una questione di lavoro delicata da risolvere, senza eventuali incontri intimi di sorta. Tuttavia però, essendo *Marianna* estremamente gelosa e l'idea che il marchese Ugo possa, in qualche modo, esercitare un contatto diretto con Wilma, non la esonererà sicuramente dal contenere questa sua apprensione cronica, con il serio rischio che possa scaturire in una mina vagante, pronta a esplodere. Però, per il momento, si dà il caso, che il rischio sia contenibile e che *Marianna*, come consuetudine, continui ad esercitare la sua mansione, di arruolamento ragazze intrattenitrici, oltre che essere il loro contatto.

Nel frattempo Wilma, ormai rassegnata dalle mestruazioni che ancora non arrivano, inizia ad edificare nel suo subconscio una futura maternità, oltre ad un possibile matrimonio con Piero, il suo *principe azzurro*. Infatti, il coinvolgimento e l'eccitazione di Wilma, verso questa presumibile gravidanza, è totale, tant'è vero che basterebbe un semplice messaggio del suo amato Piero, per raggiungerlo pure in capo al mondo.

Non c'è che dire! Wilma ormai sembra avere dimenticato pure di avere un impegno matrimoniale imprescindibile a dicembre col fidanzato Angelo, il quale trovandosi a Potenza per lavoro, ormai, si sente con lei esclusivamente per telefono.

In riferimento poi a questo amore segreto con Piero, in casa nessuno sospetta nulla! Ogni turbamento di Wilma viene attribuito, più che altro, alla cattiva influenza dello zio Giuseppe, con il quale, secondo certe dicerie, avrebbe consumato situazioni intime alquanto imbarazzanti. Pertanto le è fatto divieto assoluto di frequentarlo!

Pasqua è alle porte e il programma messo a punto dal marchese Ugo, sembra non avere ancora riscontri oggettivi, forse perché, fino all'ultimo, qualcuno spera che il ciclo mestruale di Wilma si riattivi e che la presumibile maternità possa limitarsi solo a un cattivo presagio. Ma nulla di positivo, fa emergere in tal senso!

Finalmente è giunta l'ora della resa dei conti, o meglio, il giorno in cui il marchese Ugo dovrebbe incontrare segretamente Wilma sulla barca del principe Maurizio, per poi prendere il largo per mantenere una maggior riservatezza.

*Però cosa deve consistere l'incontro con Wilma? A costringerla ad abortire? Un'intimidazione a tacere sulla appassionata storia intrapresa con Piero?*

A dir il vero, ancora tutti ignorano i dettagli, sull'azione da intraprendere! Ma è solo pura formalità, visto che Ugo ha già perfezionato il piano sin nei minimi dettagli. Infatti il ministro Attilio, ne sottovaluta del tutto la strategia diabolica, tant'è vero, che inaspettatamente opta per avanzare a Wilma una proposta, vale a dire un risarcimento in denaro affinché si dimentichi di Piero. Ma Ugo, al contrario è propenso a far sì che a Wilma le capiti un incidente affinché perda il bambino. Infatti, non si trattiene dal rammentare ad Attilio, che il rischio che un domani un figlio possa ricercare il padre biologico è sempre alto. Quindi sbarazzarsene è l'unica soluzione plausibile! In fondo, si tratta solo di procurare a Wilma un incidente in barca, con una conseguente una caduta in mare, dopo averle fatto ingerire dell'alcol, magari dopo averle fatto assumere pure una buona dose di cocaina. Insomma, un *cocktail*, che le farà dimenticare pure di essere nata!

Ugo assicura ad Attilio di non temere sulla vita di Wilma, in quanto non è mai morto nessuno dopo un tuffo in acqua, se viene ripescato subito dopo. Ma, di preoccuparsi piuttosto sull'integrità morale di suo figlio Piero, che di riflesso potrebbe minare la sua indiscussa reputazione di ministro.

Non c'è alcun dubbio! Attilio è profondamente teso, nonostante si fidi dell'indiscussa professionalità del marchese Ugo, il quale, a sua volta, proprio per il ruolo di estrema rilevanza che lo stesso Attilio ricopre nell'apparato governativo italiano, ritiene opportuno occuparsi della questione di Wilma personalmente.

## 24

Fra non molto vi saranno le elezioni politiche, per il futuro governo italiano, e Attilio sembra essere il favorito dai *"Poteri Forti"* e dalla *criminalità organizzata*, a ricoprire cioè la carica di presidente di consiglio, salvo, ovviamente, imprevisti. L'accanimento del *PCI*, sulla futura campagna elettorale, si preannuncia particolarmente accattivante, ragion per cui, un eventuale, benché piccolo, elemento equivoco, costituirebbe sicuramente un'arma mediatica fuori controllo, in mano ai quotidiani antagonisti.

Per ora il problema imbarazzante, di quest'eventuale gravidanza di Wilma, è ancora circoscritto, tuttavia deve essere necessariamente risolto al più presto.

*Com'è possibile che una gravidanza di una*

*semplice ragazza di periferia, come Wilma, pos-sa improvvisamente costituire un elemento cru-ciale, davanti uno scenario prettamente politi-co?*

Di primo acchito sembrerebbe inverosimile, ma purtroppo persino un elemento insignificante intorbidito, seppur posto trasversalmente, nel bel mezzo di una disputa elettorale, potrebbe indubbiamente costituire un oggetto determinante, ai fini mediatici. Per non dire di una mina pronta a esplodere, con effetti devastanti, se non ci si precipita a disinnescarla al più presto, con le dovute cautele. Per l'appunto, si deve agire con la massima precisione, individuando la vera natura, per poi agire istintivamente per estirparne la minaccia.

*Però, questa, cosiddetta, azione mirata, messa in atto dal marchese Ugo, sarà veramente indolore?*

Si sa l'improvvisazione, in genere, lascia dietro di sé sciagura e morte, ma nel marchese Ugo regna l'ottimismo e l'idea che sia proprio lui a occuparsi di Wilma direttamente, con la sua saggezza e la sua esperienza, lascia ben sperare.

Nonostante tutto però, due elementi ignorati sin dall'inizio insidieranno la buona riuscita del progetto, ovvero, la continua e maniacale passione di Piero, nei riguardi di Wilma e l'inguaribile e cieca gelosia di *Marianna*, nei confronti del marchese Ugo. Infatti, la complicità casuale, inaspettata, tra *Marianna* e Piero, rappresenterà per il marchese Ugo una minaccia non di poco conto. Vale a dire, un'incomprensione che darà luogo sicuramente a una distorsione sull'attuazione del programma originale, apportandovi una drastica modifica di emergenza, che non sarà sicuramente indolore e lineare, tant'è vero che sarà poi difficilissimo da gestire.

# 25

Sono le ore 17:30 circa di *giovedì 9 aprile 1953*, sul treno che da Roma porta a Ostia, sedute una di fronte all'altra, vi sono due signore ben vestite e taciturne, particolarmente ansiose e preoccupate, in cui regna un clima di apprensione silente, ma ben visibile.

Il viso di una delle due è rivolto verso il finestrino, con un lungo collo avvolto da tre anelli luccicanti. È quello di Maria Augusta, detta *Marianna* e *Cigno Nero*! Impossibile non notarla, visto il suo portamento di gran classe accentuato da un *tailleur* nero, estremamente signorile. Essa rimane impassibile, senza ritrarre lo sguardo nemmeno per un attimo, verso colei che le sta davanti, vale a dire, Wilma.

A sua volta, Wilma, confusamente, con lo sguardo particolarmente oculato, delinea ogni angolo del profilo di *Marianna*, per localizzare un benché minimo movimento, da cui percepire un segnale, alla ricerca cioè di qualche riscontro oggettivo, verso quell'espressione piuttosto singolare. Però niente da fare! In quegli occhi fissi nel vuoto di *Marianna* non si scorge nessun segno di vita.

Inutile dirlo, improvvisamente una foschia densa irrompe su Wilma, su ciò che doveva essere per lei un'esplosione di entusiasmo, come lo zampillo dei fuochi d'artificio, con cui desiderava condividere con la stessa *Marianna*. Pertanto, quelle emozioni così pungenti che premevano le pareti di quel suo cuore battente si ritraggono, lasciando posto a una tristezza, via, via sempre più affliggente.

*Ma a cosa pensa Marianna, tanto da renderla così distante e così immobile con lo sguardo fisso nel vuoto?*

*Marianna* non riesce a fronteggiare la sua gelosia morbosa, nei confronti del marchese Ugo. Tant'è vero che si lascia travolgere da certe convinzioni ossessive, generando così un certo risentimento, pure nei confronti della stessa Wilma.

Intanto qualcuno, dal lato opposto, fissa Wilma!

*Chissà, forse un vicino di casa catturato da quest'atmosfera così inconsueta?*

Una cosa è certa, quest'acuta indiscrezione non passa inosservata, creando non poco imbarazzo, inducendo il tizio a svincolarsi ed esprimere un banale saluto con un cenno, fra l'altro ignorato da Wilma.

Wilma, in questo preciso istante, è immersa in una visione esistenziale alquanto ristretta, nella quale tutto ciò che la circonda, su questo treno, è priva di vita. Per meglio dire, è proiettata verso una fiaba, in cui, immedesimandosi a *"Cenerentola"*, scappa da una quotidianità struggente, specie quella familiare, correndo segretamente dal suo amato *principe* per sempre, assieme al loro piccolo bambino, o meglio, quel piccolo che crede di portare a in grembo.

Prima di partire, per Wilma poteva essere un giovedì come un altro, se non fosse per l'inaspettato arrivo di *Marianna*, per comunicarle che Piero l'aspetta al solito posto, sulla solita barca in cui hanno vissuto quei famosi due momenti passionalmente memorabili. Wilma attendeva con ansia questo sospirato giorno!

*Marianna*, con un sorriso piuttosto ambiguo, le incute fretta, a causa del treno che parte fra quindici minuti circa.

*<<Dai sbrigati! Dobbiamo prendere il treno fra quindici minuti. Lascia stare il trucco! Che stupida che sei! A Piero gli piaci così come sei: acqua e sapone. Ah, ah, ah!>>*

Ormai, sono già passati dieci minuti, da quando, cioè, Wanda e la madre sono uscite da casa per recarsi al cinema, dove trasmettono un film con Anna Magnani. A nulla sono valse le preghiere della madre e della sorella, per far sì che Wilma le seguisse. Con questo, non che a Wilma non piaccia Anna Magnani, anzi, tutt'altro, è sempre stata un riferimento legata ai suoi sogni stellari, per ambire cioè alla professione di attrice, che l'ha accompagnata sin da quando era una bambina.

Su quel treno per Ostia, sempre con lo sguardo perso nel vuoto, a Wilma non sorgono ulteriori dubbi sulla gravidanza. Le mestruazioni non arrivano e già si sta mobilitando mentalmente, per rendere il meno indolore possibile la sorpresa di una sua eventuale maternità. Tanto per cominciare, oltre che dover riuscire ad attraversare un terreno familiare piuttosto tortuoso, dovrà giustificarsi con il suo fidanzato Angelo, visto che sono già prefissate le loro nozze il prossimo dicembre e che, oltretutto, non vede quasi mai, essendo lui in forze presso la questura di Potenza. Insomma, nonostante queste scontate seccature che dovrà districare, Wilma non demorde! È sicura che il tutto si volgerà verso il meglio! Intravvede cioè, un miraggio sempre più vicino, o meglio, una luce raggiante che illumina lei e Piero, in una futura vita familiare o amore eterno.

Su questo treno locale che porta a Ostia, a niente servono le continue occhiate perforanti di Wilma per catturare l'attenzione di *Marianna*. In effetti, Maria Augusta, detta *Marianna* o *Cigno Nero,* non riesce proprio ad assimilare, il ruolo che il marchese Ugo dovrebbe avere, in quel complotto nei riguardi di Wilma, a dir poco spregevole. Per così dire, una macchinazione a dir poco disgustosa, alla quale *Marianna* pone parecchi interrogativi, non solo per l'enfasi sdolcinata, in cui il marchese Ugo dovrà immergersi, quanto per il suo fine, snaturato se non criminale, di interrompere l'eventuale gravidanza a Wilma. D'altro canto, il marchese Ugo ha dato a *Marianna* un incarico ben preciso e circoscritto da assolvere, accompagnare Wilma alla barca del principe Maurizio, nella quale si consumarono le passioni amorose con Piero, illudendola di incontrarlo nuovamente.

Il marchese Ugo, però, conoscendo la gelosia patologica di *Marianna*, non ha omesso di rassicu-

204

rarla con le dovute svenevolezze, alzandole i capelli e fissandole gli occhi.

<<*Dolce amore mio, nessuna potrà mai prendere il tuo posto nel mio cuore e questo tu lo sai. Non guardarmi con quest'aria inquisitoria. Io devo solo bloccare una circostanza fuori controllo estremamente pericolosa e, data la sua riservatezza, devo essere io a condurre l'operazione. Lo capisci questo?*>>

Però, *Marianna* è ancora estremamente confusa, non riesce cioè a sfilare dai suoi pensieri intrecciati un valido motivo, per la quale lei stessa debba assecondare o peggio, essere una complice di un'infamia nei confronti di una ragazza illusa e innocente come Wilma. Senza contare che dovrà pure ingoiare il boccone amaro di quei momenti che il marchese Ugo passerà con la stessa Wilma, in quella famosa barca a vela, in una scontata intimità passionale. Sì! Perché *Marianna* non ha dubbi! Conoscendo il lato seduttivo del marchese Ugo, è sempre più convintissima che approfitterà dell'occasione per dare sfogo alla sua incontenibile brama sessuale.

Una voce assordante dallo *speaker*, trancia come una ghigliottina il filo di quei pensieri intensi di *Marianna* e Wilma, mettendo fine finalmente a quest'atmosfera estremamente fastidiosa e deleteria fra loro due. L'annuncio dell'arrivo alla stazione di Ostia, anticipa per un attimo la fermata particolarmente brusca del treno, tanto da scuotere, per una frazione di secondo, la loro schiena, scrollando di dosso i loro ultimi assilli.

Dalla stazione, poi percorrono un centinaio di metri insieme prima di separarsi. Infatti, un tizio con una *"Fiat Topolino"*, adiacente a un chiosco di cartoline e *souvenir*, attende *Marianna* per condurla alla villa del marchese Ugo. Wilma, invece deve attendere un'altra auto, sempre qui, adiacente al chiosco, come le è stato impartito.

In questa lunga attesa, seduta sul parapetto di questo viale, in un clima particolarmente austero, un'autoriflessione fa emergere a Wilma qualche senso di colpa nei confronti del suo fidanzato Angelo. O meglio, certe incertezze o domande, che fino ad ora giacevano indisturbate sul fondo di quel bacino, chiamato ponderazione, tentano di emergere, facendosi strada, attraverso le pulsazioni sempre più intense del suo cuore.

Fino ad ora le uniche emozioni erano esclusivamente rivolte a Piero, ma, in questo istante, l'affetto per Angelo sembra farsi strada e uscire allo scoperto.

*Chissà, quest'improvviso cambio di rotta, sarà dovuto forse all'incognita di questa lunga attesa solitaria, che le incute timore?*

Sta di fatto che, stranamente, avverte un estremo bisogno della presenza di Angelo.

*Che sia una brutta premonizione?*

Intanto, forse per arginare questa ansia così crescente, Wilma acquista una cartolina per spedire ad Angelo. Infatti, è bastato un saluto ricalcato su poche righe, per attenuare in parte questa solitudine angosciante, che la sta avvolgendo.

Ora si guarda intorno, sono passate ormai mezz'ora da quando *Marianna* è partita, e non vede ancora nessuno che si diriga verso di lei. Con il freddo, sta per iniziare a farsi strada pure un cattivo presentimento!

*Riuscirò veramente a incontrare Piero, come Marianna mi ha fatto credere o è solo un pretesto per un secondo fine?*

Wilma viene effettivamente sormontata da questi dubbi affliggenti! In questo preciso istante sta tremando, non si sa se per il freddo o per l'ansia, oppure tutt'e due. Allora decide di passeggiare all'argine del viale, avvolgendo con la mantella nera il collo e la giacca elegantissima, a quadri, gialli e verdi, che teneva prelibata per le grandi occasioni.

*Infatti, quale poteva essere l'occasione migliore, se non quella di incontrare un principe azzur-*

persona.

*<<Carissimo Attilio, ti toglierò dai guai che quell'idiota di tuo figlio Piero, ti ha cacciato con quella ragazza di quartiere. Me ne occuperò io di persona! Stai tranquillo! Te lo prometto! Però di' a quell'irresponsabile di tuo figlio di crescere, perché la prossima volta non ci sarò, a risolvere i vostri problemi demenziali. Va bene?>>*

Così il marchese Ugo disse al ministro Attilio!

Tuttavia però si sta già iniziano ad avvertire nell'aria le prime avvisaglie di qualche imprevisto che si sta mettendo in moto. Mi riferisco a *Marianna*, sempre a quella sua gelosia morbosa, con la quale, non riuscendo a trattenerne gli effetti, sfoga il suo delirio scagliandosi addosso al marchese Ugo, come fosse un consueto battibecco passionale di una coppia affiatata.

Un particolare curioso però è che, fino ad ora, nessuno si era mai permesso di contraddire o, peggio ancora, infierire contro il marchese Ugo, come sta osando ora *Marianna*, in questo istante. Però, d'altro canto, neppure lui, a sua volta, si era mai lasciato andare in una storia così romantica, così sdolcinata. Infatti questo forte legame appassionato fra i due, questa volta rischia di scardinare quella consueta figura di scagnozza ubbidiente, rappresentata da *Marianna*. Non c'è che

**210**

dire, per la prima volta, la fredda determinazione e il forte egocentrismo del marchese Ugo, sembrano mostrare qualche punto debole, o perlomeno di lasciarsi travolgere da un sentimento affettivo inaspettato, verso *Marianna*, più forte che mai. Tuttavia però, non essendoci i margini di tempo per fronteggiare questa incognita, tenta, alla meno peggio, di tamponarne il decorso tacendo, per poi, visto il ritardo, incamminarsi per prelevare Wilma, che come abbiamo notato, sta aspettando ormai da mezz'ora che arrivi qualcuno a prenderla.

L'isterismo di *Marianna*, assieme a un senso di colpa terribile che tenta di divorarla, è giunto ormai all'apice della sopportazione, lasciandosi travolgere ulteriormente dall'ansia incombente. Pertanto, tenta di mettersi in contatto o perlomeno di cercare Piero per redimersi e confidargli ogni cosa. Chiama il regista Federico, ma senza esito. Poi contattando il principe Enrico, riesce finalmente a rintracciarlo.

<<*Piero per favore salva Wilma! Non posso spiegarti tutto, ma credimi è in pericolo. La troverai al molo, precisamente sulla barca a vela, quella su cui vi siete incontrati le volte scorse. La devi liberare e portare con te! Basta ora devo chiudere! Il resto lo capirai di persona. Per fa-*

*vore! Io non ti ho detto nulla! Va bene?>>*

Per Maria Augusta, detta anche *Marianna* e *Cigno Nero* è una vera corsa contro il tempo! Infatti conoscendo bene il fine dell'operazione del marchese Ugo, sa pure che, in genere, è disposto di avvalersi di qualsiasi mezzo estremo, persino della morte, pur di raggiungere lo scopo prefissato, come in questo caso, in cui l'improvvisa intromissione di Piero, contribuirà notevolmente a distorcere, se non addirittura comprometter, il suo piano.

## 27

Il marchese Ugo, con un atteggiamento duro e inflessibile, nel frattempo, assieme a Wilma, è già nei pressi della barca a vela del principe Maurizio. Come stabilito, secondo i piani, a bordo dovrebbero esserci uno *skipper* e un aiutante, ma, inaspettatamente, nota pure il principe, con un'espressione alquanto angustiata.

Il principe Maurizio, in realtà, cela un atteggiamento dissuasivo. Spera fino all'ultimo in un cambio di programma, che tenga fuori la sua imbarcazione e il suo coinvolgimento personale, essendo alquanto preoccupato per l'insorgenza di eventuali grane giudiziarie che ne potrebbero scaturire.

A fianco al marchese Ugo, lo sguardo sconvolto

di Wilma, ovviamente generato da un contesto insolito e tenebroso, dal quale la porta ad inquietarsi ulteriormente. Infatti s'innescano in lei, oltre che un brutto presentimento, diverse domande, alle quali però non trova ancora una risposta plausibile.

*- Che cosa sta succedendo? Dov'è Piero? Non lo vedo! Che cosa ho a che fare con questa gente? Piero! Piero! Dove sei? Vieni fuori per favore! -*

Le invocazioni silenti di Wilma purtroppo non offrono l'effetto sperato. Vorrebbe aprire bocca per avere delle delucidazioni in merito, ma un nodo alla gola, dovuto sicuramente alla timidezza e alla paura di essere vezzeggiata verbalmente, la blocca. Inutile dirlo, è un vero e proprio incubo ciò che sta investendo Wilma! Impulsivamente vorrebbe uscirne, magari scappare via, ma il marchese Ugo prendendole la mano, senza dire una sola parola, la trascina forzatamente fino all'imbarcazione, soffocando in lei le benché minime speranze di fuggire.

Ripeto! Una presa stretta ed energica quella del marchese Ugo, che conduce Wilma sulla barca, senza avere il buon senso di parlarle e chiederle nulla, come fosse un oggetto da consumare a bordo dell'imbarcazione.

Sicuramente, per il marchese Ugo, rimediare a una grana apparentemente grossolana come questa, è un'eccezione alla regola, in genere lascia che se ne occupino quelli delle *bande malavitose* di periferia, chiamati pure *"sguatteri"*. Sì! Gli *"sguatteri"*: sono proprio questo genere di malavita di quartiere, la manovalanza addetta, per l'appunto, per questo genere di lavoretti! Però, come già sappiamo, si dà il caso che questa grana, in realtà costituisca un tassello fuori controllo, andatosi a conficcare proprio in un ingranaggio politico di grande rilevanza, in questo particolare periodo, prossimo alle elezioni politiche, con una campagna elettorale che si preannuncerà alquanto aguerrita che mai. In sostanza il marchese Ugo deve, con qualche espediente, tamponare una falla che si è venuta a creare all'interno del contesto familiare di Attilio, un ministro che occupa un posto di una certa rilevanza nel *Governo Italiano*. Deve cioè arginare le ripercussioni di una storia passionale, che quello sciagurato di suo figlio Piero, ha consumato con una ragazza di basso bordo come Wilma, focalizzando il tutto, in un'eventuale gravidanza pericolosa da sopprimere al più presto, senza esclusione di colpi, vada come vada.

Nonostante l'attenzione del marchese Ugo miri,

in un primo momento, a interrompere un eventuale gravidanza di Wilma, non è escluso poi che possa concludersi con la sua morte, poiché, nei suoi pensieri, inizia a farsi strada un timore non calcolato, o meglio, un ulteriore rischio da non sottovalutare.

È inevitabile quindi, data la situazione delicata, che il marchese Ugo si conceda alcuni minuti per ponderare ulteriormente la situazione.

- *Dopo avere risolto il rischio gravidanza, poi, come potrei essere certo che a Wilma non le venga in mente di parlare e rivelare tutta questa storia? Potrebbe bastare un ricatto e un'intimidazione come deterrente per farla tacere? Per esempio, se lei si dovesse confidare con il fidanzato poliziotto, riusciremo poi a contenere il problema? Dunque vediamo! Se ciò accadesse, si potrebbe contare sull'aiuto del nostro, per così dire, "fratello della nostra associazione massonica", Tommaso, capo della polizia. Insieme a lui abbiamo districato diverse matasse per il nostro bene comune, per i nostri affari. No, no! Meglio di no! Troppo rischioso per tutti! La reputazione del mio amico, ministro Attilio e di quell'idiota di suo figlio Piero, che il diavolo lo porti all'inferno, va tutelato a tutti i costi. Al diavolo! Sì, sì, si può benissimo sacrificare la vi-*

*ta di una sgualdrinella di periferia, per una causa politica comune così rilevante. In fondo, Wilma se l'è andata a cercare le seccature! No? Invece di rompere i coglioni a una persona rispettabile come Piero, se ne poteva stare a casa sua a fare la calza e a stare dietro al suo fidanzato poliziotto. Non è così? Accidenti! Vai al diavolo sgualdrina! Ti assicuro che andrai a vivere sicuramente in un mondo migliore." -*

Non c'è alcun dubbio! Inizialmente il marchese Ugo sembra essere combattuto! Per quanto sappia essere freddo e spietato, vorrebbe sempre che gli impicci si potessero risolvere senza spargimenti di sangue. In fin dei conti, non è un sadico e non predilige sicuramente la violenza. Purtroppo però, in certi casi estremamente compromettenti come questo, potrebbe essere indispensabile l'uso di mezzi estremi. Non dimentichiamo che in ballo c'è l'onorabilità di un ministro di una certa caratura, come Attilio, per non parlare delle elezioni politiche imminenti, con una campagna elettorale che si preannuncia, come ho detto, particolarmente cruenta. Pertanto, un intralcio così rilevante, dovuto a un contrattempo così demenziale da parte di un figlio di un ministro così in voga, consiste in una cancrena mediatica che va asportata al più presto.

# 28

Un ulteriore timore per il marchese Ugo consiste nell'inaspettata presenza del principe Maurizio, in tenuta da velista, sulla barca, tanto da rimanerne alquanto meravigliato. Tant'è vero, dopo avere fatto accompagnare Wilma negli appositi alloggi dallo *skipper*, il marchese Ugo sfoga la sua irascibilità su di lui.

*<<Tu che cosa ci fai qui? I patti non erano questi! Sei qui per complicarmi la vita? Ti rendi conto o no, che la situazione è particolarmente delicata e la tua presenza potrebbe intralciare i miei piani? Vattene via per favore! È già un azzardo che Wilma ti abbia visto!>>*
Maurizio, davanti a queste imposizioni, sembra rimanere impassibile, anzi, addirittura controbatte energicamente.

<<Non ti preoccupare, tanto lei neppure mi conosce! La barca è la mia e tutto ciò che succede qui è affare mio! Eccome se è affare mio! Poi desidero rimediare al disastro che ha combinato quell'idiota di mio fratello Enrico. Non sono qui per sconvolgerti i piani, anzi, è anche interesse mio che questa benedetta storia si risolva subito. Se tu non l'avessi capito, anch'io sono coinvolto in questa assurda vicenda, essendo proprietario della barca, e non voglio certo finire sulle pagine dei giornali per una stupida scappatella, di uno sciagurato come Piero, idiota pure lui come mio fratello.>>

Come dargli torto al principe Maurizio? D'altronde, conoscendo la sua irriducibilità, è più che normale che voglia partecipare alla risoluzione di questo impiccio, dato il coinvolgimento, oltre che della sua barca, anche del buon nome della sua famiglia. In sostanza vuole offrire il suo contributo senza riserve al progetto, se questo possa in qualche maniera tamponare una falla ormai fuori controllo.

Non c'è un attimo da perdere quindi! Si deve salpare subito! Volente o nolente, il marchese Ugo non ha scelta! Per premura deve assecondare, obtorto collo, le decisioni di Maurizio!

Intanto, il marchese Ugo, con un'aria piuttosto

autoritaria, esclama qualcosa, sicuramente una disposizione al principe Maurizio da attuare subito.

<<*Chiama il tuo Skipper e digli di salpare immediatamente! Iniziamo a toglierci subito questo impiccio!*>>

L'espressione così dura del marchese Ugo, sembra oltrepassare il limite della tollerabilità, infatti questo inconsueto incarico lo sta rendendo particolarmente intrattabile.

Ora, come un mastino feroce, il marchese Ugo si dirige nel camerino in cui è trattenuta Wilma, estrae dalla borsa una scatola di metallo con annesso una siringa e un flacone.

Non c'è alcun dubbio, l'atmosfera si fa estremamente pesante!

Wilma è a dir poco terrorizzata! Una tachicardia improvvisa la sta quasi soffocando! Un'asma prorompente le procura tremori incontrollabili! Qualche goccia di sudorazione mischiata ad una lacrima di disperazione le bagnano le guance, forse ingiallite da un principio di nausea, che le logorano le uniche forze rimaste con le quali stringe a sé, energicamente, un cuscino.

Un urlo interrompe per un attimo il rumore del fruscio del legno, con la quale è rivestita la barca a vela.

Il marchese Ugo colto da un eccesso d'ira sbraita, evocando un aiuto.

<<*Qualcuno si degna di venirmi dare una mano? Oppure devo fare tutto da solo? Per chi mi avete preso tutti quanti, per il vostro sguattero? Eh? Boia d'un mondo!*>>

Improvvisamente scendono il principe Maurizio e uno dei due skipper, ovvero, il più giovane. Poi il marchese Ugo, con in mano la siringa piena di un liquido giallognolo, si dirige verso Wilma, la quale sembra essere sempre in preda a dei disturbi fisici non da poco, visto le estenuanti trepidazioni assieme a dei sospiri affannosi, che hanno il sapore, come ho detto, di un'afflizione.

È ovvio Wilma è in uno stato psicofisico a dir poco cronico! Però il marchese Ugo non sembra curarsene. Infatti, rivolgendosi ai due è deciso, volente o nolente, a portare avanti il suo piano crudele.

<<*Tenete stretta questa sgualdrinella scatenata, mentre le faccio l'iniezione. Con questa medicina potente la renderò scema per un bel po'. Le ho iniettato una doppia razione! Questa "bomba", è un liquido per il cervello che, quelli della CIA, la usano per far parlare pure i muti. Ah, ah, ah!*>>

*Ugo che cosa le ha iniettato a Wilma di così*

*forte, tanto da insinuare che la renderà persino scema?*

Sicuramente un forte ansiolitico, magari qualche intruglio potente in dotazione all'*Intelligence americana*, con la quale ha un rapporto di collaborazione, direi antico, sin dalla *seconda guerra mondiale*.

Il principe Maurizio impressionato dalla freddezza del marchese Ugo, non si trattiene dall'evidenziare il suo disappunto su questi metodi così spietati.

*<<Non vedi che sta male? È in fibrillazione! Non ti pare che sia il caso di smetterla con questa tortura? In fondo è solamente una ragazza innocente. Perché tanta ferocia?>>*

Ugo non esita a fissare Maurizio con quegli occhi così diabolici, tanto da incutergli un certo disagio, oltre che un certo timore. Infatti Maurizio non l'aveva mai visto con un temperamento così diabolico.

*<<Non ho capito bene! Che hai detto? Non ti garbano i miei metodi? Hai detto così, eh? Di' hai detto così? Ora io se fossi in te, mi preoccuperei della tua pellaccia! Capito? Eh, hai capito? Non si sa mai cosa possa capitarti nella vita. Ripeto! Hai capito bene? Ti do un consiglio per rimanere in salute! Stai attento a dove metti i*

*piedi! Stai attento dove metti i piedi! Hai capito? Capito?>>*

Non c'è che dire! Il ruggito del marchese Ugo sconvolge talmente il principe Maurizio da indurlo ad abbassare il capo e uscire quatto, quatto. Non l'aveva proprio mai visto così arido e rabbioso!

Il giovane skipper, che istintivamente segue le orme di Maurizio, viene fermato, energicamente, per un braccio dal marchese Ugo.

*<<No, no! Tu rimani qui con lei! Stalle vicino! Io vado su in coperta.>>*

Ora Wilma giace distesa sul letto con gli occhi fissi nel vuoto. Sembrerebbe agonizzante, se non fosse per le sue palpebre che si muovono velocemente. Non c'è alcun dubbio, gli effetti di quello psicofarmaco potente, iniettatole poco fa, attraverso le vene, le sta condizionando ogni particella della mente. Sembra paralizzata! Questo fattore favorevole, induce il ragazzo, colto da un'eccitazione maniacale, a insidiare sessualmente Wilma. Infatti, attratto dalle sue gambe distese, non si trattiene dal palparle, togliendole lentamente prima le calze e poi la gonna, mentre con l'altra si masturba, facendo sì che l'eccitamento lo prevarichi, tanto da indurlo ad adagiarsi sopra di lei ed evacuare sessualmente.

astio, assieme alla disperazione. Iniziano cioè ad avere un atteggiamento inquisitorio verso le persone e l'ambiente che frequentava, non risparmiando neppure lo zio Giuseppe.

La madre, Maria, non si trattiene neppure dal rimarcare continuamente, fino allo spasmo, le responsabilità al marito Rodolfo, con il solito ritornello:

*". . .te l'avevo detto io...!"*

Le dispute in casa non servono sicuramente a ritrovare Wilma, ma aiutano a sfogare la rabbia e l'angoscia che, questa situazione così misteriosa, accumula.

È già venerdì sera e ancora di Wilma non si sa nulla! La notizia della sua scomparsa ormai inizia a proliferare, iniziando dal quartiere in cui la famiglia abita. I pettegolezzi, più che altro, danno credito a una presunta fuga d'amore, anche se davanti a questa supposizione, non condividono affatto l'ansia dei familiari.

Prendono corpo pure, certe maldicenze, riguardo a una ipotetica vita sessuale segreta di Wilma. Infatti, senza rispetto e senza ritegno, certa gente, in particolar modo nei locali e nei *bar*, beffeggiano e ridicolizzano la famiglia di Wilma, tirando in ballo pure lo zio Giuseppe, con il quale sono sempre più persuasi che passasse con lei momenti incestuosi.

- *Lo zio Giuseppe le ha insegnato bene il mestiere della zoccola! Eh, che dite? Ancora Wilma non si è vista. Il maschio benestante le piace! Eccome se le piace!* -
Ogni tanto, c'è pure qualcuno che affila ulteriormente la lama, per colpire ancora più a fondo. Sono coloro che approfittano della vicenda per riversare tutto il loro livore, legato più che altro all'invidia.

- *Lo so io che cosa piace a Wilma! Il pezzo di carne che esce dai pantaloni. Quello le piace! Ora si starà sicuramente facendo cavalcare, in barba al quel cornuto del suo fidanzato poliziotto.* -

## 30

Piero, essendo stato messo al corrente, dell'incontro tra il marchese Ugo e Wilma, solo all'ultimo momento da *Marianna*, seppur precipitandosi al luogo indicato, arriva in ritardo, poiché la barca nella quale è presente Wilma, la vede in lontananza mentre sta prendendo il largo.

La mente di Piero, improvvisamente viene avvolta da un pauroso groviglio, dal quale cerca di recuperare a tastoni il bandolo della matassa, per avere un po' di chiarezza, se non addirittura delle conferme. Poiché egli si sta sempre di più convincendo che, alle sue spalle, si stia mettendo in atto un complotto infido ai danni di una ragazza ingenua e innocente.

Questo particolare lo manda a dir poco in bestia!

Sfoga la sua collera colpendo con calci e pugni la sua auto e infierendo contro chi sta con Wilma su quella maledetta barca, che si allontana sempre più dal suo raggio visivo.

<<*Bastardi! Bastardi voi tutti, mio padre con tutti i politici al suo seguito, che il diavolo vi porti via. Con quale diritto vi accanite verso quella ragazza innocente? Dovete per caso salvaguardare la vostra reputazione? Eh? Dovete salvaguardare la vostra integrità morale e quella del partito? Razza di serpenti a sonagli! Davanti volete apparire candidi moralisti, mentre dietro lasciate una scia maleodorante di putrefazione repressa, come quella dei cadaveri sbiancati. Maledetti bastardi! Bastardi!*>>

Piero dirigendo sempre lo sguardo verso la barca, ridotta ormai a un punto all'orizzonte del mare, non si trattiene dal manifestare la sua indignazione pure verbalmente e ad alta voce, davanti allo stupore di alcuni curiosi presenti.

La patetica scena, viene percepita dai presenti come un gesto irresponsabile di una persona momentaneamente non lucida o ubriaca. Per fortuna però l'episodio, in assenza di paparazzi, viene circoscritto a una semplice casualità, dovuta a qualche divergenza familiare. Nulla di eclatante insomma!

Nonostante siano passate ormai un'ora e più, Piero rimane sempre in zona, dentro l'auto ad attendere il rientro della barca nella rispettiva battigia. Non riesce a rimanere sveglio, poiché un sonno improvviso lo avvolge assieme alla sua ansia, ai suoi pensieri sdolcinati, recuperati da ciò che rimane di Wilma. La sua apprensione lo divora, dal momento che riemerge in lui, in grande stile e a tamburo battente, la sua sensibilità e la sua emotività. O meglio, riaffiora quel ragazzino sognatore presente ancora nel suo lato umano, in quel mondo viscerale del suo cuore e della sua anima, che altro non è che il suo bacino artistico, dal quale attinge la sua creatività. No! Non può in alcun modo deviare i suoi pensieri verso l'opportunismo e l'interesse materiale, o sottrarsi a certe responsabilità di cuore, in particolar modo, se ciò dovesse mettere a repentaglio una vita di un innocente. Quindi è logico che Piero voglia a tutti i costi sapere qualcosa sulla sorte di Wilma, anche a costo di sacrificare la sua carriera e il successo.

Finalmente il rombo di un motore nautico sveglia improvvisamente Piero, che si era assopito con il capo appoggiato al finestrino dell'auto. Una barca a vela sta per attraccare! È quella del principe Maurizio! Non ha dubbi! Difficile dimenticarsene, visto che Piero vi ha passato momenti passionali con Wilma.

Per un attimo Piero si stropiccia gli occhi con le dita, per togliere degli eventuali residui lasciati dal sonno. Poi, ciò che nota subito, con quella sua espressione acuminata, sono solo due giovani *skipper*, che stanno per ultimare l'ormeggio.

*Dov'è il marchese Ugo? Che fine ha fatto Wilma?*

Sono passati già alcuni minuti e Piero, per ora, non scorge nessuno. Finalmente esce il marchese Ugo assieme al principe Maurizio, ma ancora Wilma non si vede. Chissà dov'è!

*Che sia rinchiusa in una cameretta? Sta male? Non sarà mica volatilizzata, no?*

Sicuramente giace in una cameretta! Non può essere altrimenti!

L'apprensione di Piero per Wilma è al limite! Non sa più come dominarla! Ragion per cui, senza perdere altro tempo prezioso, esce dall'auto e, a passo spedito, con i battiti cardiaci fuori controllo, raggiunge il marchese Ugo e il principe Maurizio, che intanto discutono animatamente. Dalla loro discussione, Piero sente pronunciare il nome di Wilma ed è in questo frangente che, incurante che degli eventuali estranei possano sentirlo, con tono piccante, chiede delle spiegazioni ai due.

*<<Che ne avete fatto di Wilma? La voglio vedere! Come sta?>>*

Come una furia fuori controllo, senza attendere le dovute spiegazioni e senza fare ulteriori domande, si dirige immediatamente nelle camerette della barca. Ciò che riesce notare sono alcune gocce di sangue su un materasso privo di lenzuola, senza contare poi di certi indumenti e oggetti di Wilma che conosce bene, ovvero, la gonna, le calze, le scarpe e la borsa. Non vedendola però in camera, viene di nuovo colto da una tachicardia improvvisa, che riesce a colmarla adagiandosi momentaneamente sul letto. A questo punto, non si trattiene dal portarsi gli indumenti di Wilma sul viso strusciandoseli. Non riesce neppure a trattenere le lacrime!

Senza che nessuno lo metta al corrente della fine di Wilma, riesce già ad avere davanti gli occhi il dramma consumato qui, in questa camera, su questa barca.

In questo preciso istante, Piero è talmente adirato, che i suoi occhi, spalancati e fuori di senno, riflettono un rosso fuoco addolorante, carico di ostilità. Infatti, senza dire più una parola, se ne esce di tutta fretta, ignorando i presenti, portandosi con sé gli indumenti di Wilma e la borsetta.

Una voce con un tono autorevole, gli intima di fermarsi, è il marchese Ugo, preoccupato sul suo stato confusionale.

*<<Ehi fermati! Dove credi di andare con quei vestiti? Lascia qui tutto! Ehi, fermati! Fermati! Fermati!>>*

Piero ignorandolo sale in macchina e parte a grande velocità.

A parte il principe Maurizio che vive attimi di forte preoccupazione, per l'incolumità dell'immagine del suo casato, il marchese Ugo è a dir poco infastidito di questa incursione inaspettata di Piero. Infatti, notandolo così fuori di senno, un sesto senso gli dice che un altro ostacolo possa immancabilmente sorgere all'orizzonte. Questo perché Piero è, in effetti, emotivamente fragile! Sommando poi questa sua debolezza caratteriale con la sua ingenuità, potrebbe veramente contribuire a far sì che insorgano ulteriori serie complicazioni. Il marchese Ugo ne è convintissimo! Ragion per cui, non gli rimane altro da fare che parlare nuovamente con il ministro Attilio, per metterlo al corrente del pericoloso contrattempo e quindi di trovare il modo per dissuadere suo figlio Piero, dall'intraprendere eventuali comportamenti sconsiderati.

*<<Tuo figlio è come un ragazzino. È un irre-*

*sponsabile! Scommetto che ci metterà tutti nei guai! Lo devi tenere a bada Attilio, o eventualmente gli devi parlare al più presto, per dissuaderlo dall'intraprendere scelte sconsiderate. Chissà, forse a te darà ascolto, visto che sei suo padre! Altrimenti dovremo usare la forza, usare cioè mezzi più convincenti, insomma. Mi dispiace amico mio, ma tuo figlio vuole mettersi nei guai seri. Guai seri! Non è un gioco e tu lo sai cosa succede a chi non rimane al suo posto. Non è vero?>>*

Indubbiamente, queste affermazioni così allarmanti, trafiggono il ministro Attilio come una spada affilata.

*D'altronde è pur sempre il padre di Piero, no?*
Attilio conosce bene la fragilità di suo figlio Piero e sa pure che basta una questione di cuore, per farlo deviare, inevitabilmente, dalla realtà oggettiva, dalle doverose responsabilità familiari. Non per niente, Attilio ha scelto di condividere la sua apprensione proprio con il marchese Ugo.

L'impressione che il ministro Attilio ha sempre avuto, nei confronti di Piero, è quello dell'eterno ragazzino che deve ancora maturare. Pertanto, rimprovera a sé stesso, battendosi il petto, di avergli dato e offerto troppi margini e concessioni, favorendo questo suo cinismo libertario, che, inequivocabilmente, si va concretizzando sempre di più. Questo è ciò che scaturisce dalle apprensioni di Attilio!

Però sbaglia! No non è cinismo libertario, quello di Piero!

L'ego di Piero è l'emblema dell'arte pura, dalla quale scaturiscono i sogni, in cui si dimenano le forti emozioni. Ovvero pulsazioni equivalenti a note musicali, dalle quali si apre un mondo animato e pieno di vita, denominata melodia.

*Quindi, Piero, a fronte di ciò, come potrebbe adattarsi alla superficialità, di un mondo basato sugli affari e sui profitti economici?*

L'artista che giace in lui, non può sicuramente evitare l'insorgere di conflitti con suo padre Attilio, che vive in una dimensione spiccatamente affaristica e politica.

*Nonostante tutto però, riuscirà il ministro Attilio a riportare Piero alla sobrietà e alla ragione?*

Attilio ne è convinto, o meglio, non considera affatto suo figlio come un pericolo reale, nonostante i timori e le intimidazioni del marchese Ugo.

In sostanza, il ministro Attilio afferma con certezza che suo figlio Piero non metterebbe mai a rischio la reputazione dell'intera famiglia, per un'avventura sdolcinata. Invece, il marchese Ugo continua a ribadire la sua tesi dettata dalla sua esperienza. Vale adire, che Piero, essendo in possesso di certi elementi estremamente strategici e significativi, potrebbe essere tentato, dal risentimento personale, a denunciare l'incresciosa vicenda di Wilma. Questo, inevitabilmente, significherebbe una sorta di bomba mediatica vagante, in attesa di una deflagrazione devastante, con dei riflessi inimmaginabili.

A questo incontro, alla villa del marchese Ugo, i toni con Attilio si accendono fino ad erompere in una disputa. Mai successo che il ministro Attilio, in genere così accondiscendente e pacato, si avventasse contro il marchese Ugo! È ovvio! Questo atteggiamento così irruento e spigoloso del ministro Attilio, è generato, più che altro, dall'estremo timore che lo perseguita verso suo figlio. Infatti, in questo preciso istante, non pensa ad altro che a preservare a tutti i costi l'incolumità di Piero, mettendo in secondo piano qualsiasi impegno, seppur importante.

Un figlio è un prezzo troppo alto da pagare e perciò il ministro Attilio è disposto a qualsiasi ripercussione sulla sua integrità, magari accollandosi qualsiasi tipo di responsabilità, pure le sue dimissioni ministeriali, se ciò potesse salvaguardare la vita di suo figlio Piero.

Tuttavia però, il marchese Ugo, accorgendosi di avere al suo cospetto un'anima così in pena, quasi implorante per la vita del figlio, viene colto da un sorriso sornione, che, a malapena, riesce a trattenere dalle sue labbra.

*Che sia un segno di clemenza accompagnato da un sorriso ironico?"*
Il flusso mitigatore, di questo improvviso cambio d'umore del marchese Ugo, non può che riflettersi sull'inquietudine di Attilio, come un raggio di luce che entra da una fessura di una porta.

*Perché questo panico così avvolgente del ministro Attilio, verso il marchese Ugo?*
Non c'è alcun dubbio! Una parte eccelsa del mondo politico è al corrente di chi rappresenti veramente il marchese Ugo, in particolar modo gli esponenti di spicco della *DC*.
Come ho già descritto precedentemente, il marchese Ugo costituisce un perno essenziale, attorno alla quale gravitano gli affari mondiali di un *Potere* invisibile chiamato *"Mondo di Sopra"* o *"Potere Occulto"*. In esso sono coinvolti elementi che contano della cosiddetta *società autoritaria*. Mi riferisco ai politici, ai *"Servizi Segreti"* italiani, alla *CIA* e, non di meno, alla *criminalità organizzata*, in particolare la *mafia* americana e quella siciliana.

A questo punto, è comprensibile che Attilio sia così preoccupato, se non addirittura terrorizzato, sulla sorte del figlio Piero, riguardo a tutta la vicenda che si è consumata attorno a Wilma. Per il semplice fatto che Piero, seppur abbia agito con ingenuità, è la principale causa di un problema estremamente delicato, che rischia di demolire un equilibrio politico preesistente, nel bel mezzo delle elezioni politiche. Ovvero, da una piccola ed irrisoria avventura passionale, fuori dagli schemi e con una ragazza di basso bordo, a un terremoto mediatico da contenere, il più possibile, i suoi effetti devastanti. Qualcuno, a riguardo, è già morto! Ossia Wilma, con il corpo che giace ancora in acqua, galleggiando piano, piano verso la costa. Ora però la stessa sorte potrebbe toccare a Piero! Dipende dalle circostanze, oltre che dal marchese Ugo, il quale, ripeto, è il fulcro per la salvaguardia del buon nome di tutta la classe dirigente politica, con la quale, come si sa, possiede dei grossi interessi in termine di affari.

Non c'è che dire, la commovente esasperazione del ministro Attilio, stranamente, commuove il marchese Ugo a tal punto da lasciare tutto nelle mani del destino, confidando in un minimo di responsabilità da parte Piero, oltre alle garanzie del padre. Infatti il marchese Ugo liquida Attilio, aspettandosi da lui il massimo impegno a contenere l'irascibilità acuta di suo figlio Piero.

*<<Mi stai chiedendo di assecondare tutto e di lasciare perdere? Attilio, ti informo che il problema non riguarda più solo te! Ti rendi conto che tuo figlio Piero, con questa storia di Wilma, è una mina vagante ingestibile? Da un momento all'altro potrebbe suscitare uno scandalo mediatico senza precedenti, coinvolgendo la nostra classe dirigente. Ti sei dimenticato che a breve ci sono le elezioni politiche?>>*

Inutile dirlo, il ministro Attilio è ancora ossessionato all'idea che tolgano di mezzo suo figlio, nonostante il marchese Ugo non abbia fatto la benché minima menzione a riguardo.

Ripeto! Ora più che mai, il ministro Attilio sarebbe disposto a ritirarsi da qualsiasi carica, pur di tutelare la vita di Piero, poiché prevale in lui un'angoscia a dir poco devastante, tanto da fargli perdere persino la cognizione della realtà. Sta di fatto che la sua inquietudine è tale da farlo sconfinare in una supplica, a dir poco, patetica.

*<<Dimmi ciò che vuoi e quello che devo fare! Accetterò qualsiasi disposizione o compromesso, se lasci in vita mio figlio! Mio figlio è tutto quello che ho, Ugo! Abbi pietà di Piero! Ti prego!>>*

Il marchese Ugo, meravigliato per

stura a denunciare ogni particolarità sull'accaduto, portando con sé gli indumenti e le scarpe di Wilma. Ma vuole prendere ancora qualche giorno di tempo, per avere le idee più chiare.

Dobbiamo tenere conto però di un particolare importante: nonostante sia passato un giorno, in teoria, nessuno fuori sa ancora nulla sulla sorte di Wilma, non essendo ancora rinvenuto il suo corpo.

Piero ed Enrico passano una buona parte della notte, a cavallo fra venerdì e sabato, svegli davanti a delle bottiglie di vino, esattamente di *chardonnay*, sbronzandosi fino a crollare sul tappeto e su alcuni cuscini sporchi di colore ad olio, attorniati dalle tele dipinte.

Una notte insonne insomma, nella quale Piero, in questo studio di Enrico, particolarmente variopinto di colori sgargianti, riesce a ritrovare finalmente la quiete e, in particolar modo, una visuale ben definita, individuando la strada più congeniale da percorrere.

Ripeto! Sarà per il flusso magnetico che emana, Enrico costituisce, come sempre, un valido e un unico riferimento per Piero, tanto da esserne soggiogato.

**

*In questo determinato momento dov'è realmente Wilma?*

Il padre, Rodolfo, dopo averla cercata come un ossesso, si arrende e nella stessa serata di venerdì. Decide di denunciarne la scomparsa, spronato da Angelo, che nonostante si trovi ancora a Potenza, si sono sentiti spesso in giornata.

L'apprensione di Angelo è quasi deleteria, tanto da pregare i suoi superiori a farsi rilasciare un permesso speciale, infatti, alquanto angosciato, partirà il mattino seguente.

Rodolfo ha raccontato ad Angelo, ogni particolare sulla vita spericolata di Wilma, attribuendosi ogni benché minima responsabilità a riguardo.

Fatto sta che, questi sensi di colpa, iniziano a tormentare Rodolfo fino allo spasmo, non permettendogli di uscire dall'incubo di certe cattive premonizioni, che, per la verità, sembrano divenire, a mano, a mano, sempre più scontate.

- *Mia figlia è morta per causa mia! Non sono riuscito a proteggerla da quel mondo sciagurato del cinema, da quel mostro che l'ha divorata senza pietà. Che io sia maledetto!* -

Questo è ciò che ripete spesso a chiunque gli si presenti di fronte! Un ritornello auto-compassionevole, un *"mea culpa"* che, oltre a suscitare sconforto, induce, a chi vorrebbe inqui-

sirlo, come la moglie per esempio, a lasciarsi assoggettare da questo suo aspetto emotivo preesistente patetico.

## 32

L'ultima porzione di luna calante, di questa stessa notte di venerdì, cerca di farsi largo fra alcune nuvole pompose e vivaci, segnando il passo con una matita giallo limone, sul mantello scuro e setoso, di questo mare, reso ondeggiante da un flebile vento di ponente. Questa porzione di luna, particolarmente intensa, traccia una luce invasiva, come un ruscello che scorre dal cielo rabbiosamente, con tutta la sua nitidezza possibile, fondendosi con il sottofondo melodico, seppur flebile e mordace, di questa tenue dinamicità delle acque. No, no, non è una musica funerea! Assomiglia, più che altro, a un dolce ritornello di buonanotte, che serve a rassicurare i bambini e farli addormentare.

gano le loro delusioni amorose, girovagando a piedi nudi sull'acqua. Questa usanza, come al solito, infastidisce Fortunato, che non risparmia di esternare il benché minimo insulto.

A mano a mano però che si avvicina a quel essere strano, i passi di Fortunato si fanno sempre più pesanti, forse a causa di un sesto senso, alquanto angosciante, che inizia sempre più a prendere corpo.

Improvvisamente, un'esclamazione accentuata, fa breccia attraverso un sospiro profondo, con una pacca sulla fronte.

*<<Oh dio! Una ragazza svenuta, solo con le mutande e la giacca. Ma tu guarda! Pure le prostitute dei faccendieri e dei politici fanno spola qui, sul bagnasciuga?>>*

Ciò che Fortunato scorge, nell'immediato, sono due gambe lunghe e fascinose, che spuntano dall'estremità di una giacca a quadri. Pensa subito a una prostituta d'alto bordo sbronza, magari, chissà, abbandonata da qualche persona facoltosa, dopo avere consumato le proprie brame sessuali. Istintivamente, allora, s'inginocchia a terra, appoggiando dapprima le mani sulla sabbia, poi però, continuando ad osservare le forme pronunciate di questa ragazza inerme, mosso da un istinto sensuale maniacale, le palpita e le agita le natiche, arrivandole a strusciare, con le dita sporche di sabbia, persino il canale vaginale. Sì è proprio così! Per una brevissima frazione di tempo Fortunato, è talmente accecato dall'attrazione carnale di questo corpo inerme, ovvero, da queste gambe così affusolate ed eccitanti, che ignora tutto ciò che lo circonda, persino il viso fisso perso nel vuoto, che la costante dinamicità dell'acqua scopre al ritmo di alcuni secondi. Infine però, rendendosi conto di avere a che fare con un cadavere, un improvviso *shock* traumatizzante, lo induce a correre a braccia aperte urlando a squarcia gola.

<<*Un morto! Un morto! Correte! Correte!*>>
A questo punto, l'agitazione è tanta che non gli permette di pronunciare altro, visto la tachicardia prorompente. Anzi, mentre arrivano i soccorsi, si appoggia nuovamente sul parapetto per riprendere fiato, dove giaceva poco prima, poi, per catturare l'attenzione si struscia continuamente il capo, dimenandosi come un ossesso.

re, come in questo caso, una vita umana, gettandola in pasto ai leoni di un'arena, chiamata *"criminalità organizzata"*.

Wilma credeva ancora alle fiabe, si personificava *Cenerentola*, nella quale racchiudeva i suoi sogni verso un *amore planetario,* relativo a un mondo *snob*, impossibile da raggiungere e a farne parte, senza pagare un prezzo, o meglio, concedersi sessualmente, se si è di basso profilo come lei. In questo cosiddetto *"mondo superiore"*, desiderava semplicemente annunciare il lieto evento della sua gravidanza all'uomo dei suoi sogni, ossia Piero, figlio di Attilio, ovvero, figlio di una notorietà politica prestigiosa, oltre che essere un ministro. Una maternità che poi si rivelò falsa, nonostante lei ne avesse la certezza, a causa di certe condizioni fisiologiche preesistenti ingannatrici, come il ritardo delle sue mestruazioni.

## 35

Come la deflagrazione di una bomba, così il ritrovamento inaspettato ed improvviso del corpo di Wilma, trascinato dalle onde del mare fino a riva, non può che scaturire un *caos* mediatico, data la sua particolarità. Infatti rischia di avere effetti devastanti se si pensa che Piero, mosso da un rimorso di coscienza, effettivamente possa adempiere ai consigli dell'amico Enrico. Ovvero, quello di recarsi in questura, con gli indumenti di Wilma, a denunciare ogni cosa. Ma andiamo per ordine! Innanzi tutto desidero evidenziare un particolare, o meglio, una disattenzione, una leggerezza, da parte del marchese Ugo, tanto da scompaginargli tutto il suo piano. Parlo del corpo di Wilma, che, una volta gettato in mare, secondo i piani prestabiliti, avrebbe dovuto arenarsi sul fondo, anziché fluttuare fino a riva.

*Ma come poteva mai avvenire ciò, visto che Wilma fu gettata in mare già cadavere?*

Infatti, la sua morte, essendo avvenuta sulla barca e non per annegamento, è logico che il suo corpo galleggiasse verso riva, non avendo acqua nei polmoni. Una disattenzione cruciale, questa del marchese Ugo, che, con il rinvenimento del corpo di Wilma a riva, potrebbe indurre a pensare ad una esecuzione formale consumata nell'ombra.

Tutto ciò, inevitabilmente, implica un vero e proprio grattacapo per il marchese Ugo e per una cerchia ristretta di politici, che occupano posizioni di prestigio nell'ambito governativo. Devono cioè garantire l'inviolabilità di quel loro mondo nascosto, oscuro e invisibile, in cui s'intrattengono grandi affari e accordi politici segreti, mondiali. O meglio, si sta sviluppando una vera corsa contro il tempo, per tamponare, finché è possibile, un'incrinatura, seppur lieve, di un punto cruciale di quel cosiddetto *"Mondo di Sopra"*, o *"Potere Occulto"*, come ho accennato poc'anzi, ovvero, di quel bacino in cui si organizzano affari ad opera di faccendieri, politici, governanti e *criminalità organizzata*.

In questo caso, la prima cosa da farsi è quello di occultare il diretto coinvolgimento del ministro Attilio, adoperatosi per rimediare a uno schiribizzo passionale e irresponsabile di suo figlio Piero.

Non è un caso se, purtroppo, i *mass-media*, nel bel mezzo di una campagna elettorale accattivante, come quella che si sta consumando in questo determinato periodo, riescano ad aprire una breccia, almeno parziale, sulla strana morte di questa ragazza rinvenuta sulla riva, per favorire un partito anziché un altro, contendendosi gli apprezzamenti della gente.

Infatti i pettegolezzi sospingono i *"mass-media"* e i giornali ad intraprendere una caccia spietata, alla ricerca cioè di un benché minimo indizio, per assoggettare il dramma di questa morte incomprensibile, a un'eventuale responsabilità di rilievo, verso cioè qualche figura politica importante antagonista.

I giornalisti, tendenzialmente, concentrano i loro sforzi, non tanto per cercare la verità di questa morte assurda, ma bensì per rinvenire certi elementi, anche falsi, per i solo scopi spiccatamente elettorali, oltre che opportunistici, come le vendite delle rispettive copie e ai loro profitti.

Perché no! Magari questi giornalisti sono pure al

pure le eventuali ripercussioni che potrebbero svilupparsi sulla rispettabilità della sua famiglia, o meglio, su suo padre Attilio, riuscirebbero certamente a fare breccia sulla sua brama di vendetta e sul suo fermo desiderio di assicurare alla giustizia, i diretti responsabili della morte di Wilma.

Come un tamburo di guerra battente, il cuore di Piero improvvisamente accelera le pulsazioni a dismisura, trascinando lo stesso Piero in un binario che conduce verso a uno smarrimento irreversibile. Tuttavia, per rimediare a questo inconveniente, ha creduto opportuno premunirsi, ingerendo, prima di partire, una buona dose di alcool.

Questa sua andatura tendenzialmente barcollante, insospettisce però gli agenti di polizia, che, a loro volta, sapendo della sua eccelsa notorietà familiare, con un occhio di riguardo e a porte chiuse, lo assecondano, interpellando subito le *"alte sfere"*, vale a dire Tommaso, il *Capo della Polizia*.

In un batter d'occhio, quelli dei *"piani alti ministeriali"* e le figure autorevoli della DC, essendo venuti a conoscenza della sconsideratezza di Piero, con urgenza, sono inevitabilmente indotti a discutere, segretamente e urgentemente, su come riuscire a tamponare l'inconveniente di tutta vicenda drammatica, di questa ragazza di quartiere, Wilma.

Non c'è che dire! Tutto ciò si traduce in una vera corsa esasperata contro il tempo!

In questura, Piero viene trattenuto per circa un'ora, alla presenza del commissario, di un ispettore e di alcuni agenti. Non tralascia di svelare neppure le accese discussioni avute con il padre, il ministro Attilio, a causa di Wilma. Insomma, Piero, di quel retroscena scabroso, inerente alla vicenda con Wilma, svela ogni benché minimo dettaglio, di cui è a conoscenza, coinvolgendo tutti i responsabili, nessuno escluso. A sorpresa esprime pure una sua opinione inquisitoria nei confronti del marchese Ugo, attribuendogli la responsabilità diretta della morte della stessa Wilma, per conto del ministro Attilio, suo padre.

Ripeto, questa determinazione di Piero, a voler a tutti i costi fare luce sulla morte di Wilma, costituisce davvero una bomba mediatica pronta a deflagrare in qualsiasi istante!

**

La situazione è ormai fuori controllo, l'unica via d'uscita per quelli delle *"alte sfere"* governative e politiche, per ora, è quello di confidare nel *Capo della Polizia* Tommaso, il quale, ricattato dal marchese Ugo, per dei debiti messi in decantazione, oltre che per certe inadempienze giudiziarie, non può sicuramente esimersi dal cercare di insabbiare il caso Wilma, se non altro, ponendo degli ostacoli amministrativi all'indagine in corso.

Il *Capo della Polizia*, Tommaso, nonostante tutti gli sforzi inimmaginabili, ciò che riesce realizzare è bloccare e tamponare l'inchiesta, quanto basta, per avere il tempo necessario di escogitare una via di uscita a questa falla, davvero esplosiva.

Intanto, inevitabilmente, qualcosa è riuscita a trapelare dalle *"stanze segrete"*! Vale a dire qualche riflesso indiziario, che, benché, conduca a qualche nome eccellente di natura politica, per fortuna, non porta con sé riscontri oggettivi, rimanendo, fortunatamente, sigillati nelle *"cartelle segrete"* dell'*Intelligence.*

Le voci però corrono e certi giornali, attualmente schierati in un duello senza precedenti, nel bel mezzo di una campagna elettorale, approfittano di questo poco, di comprommettente, che sono venuti a sapere sulla morte di Wilma, costruendoci sopra ulteriori castelli in aria, per scagliare supposizioni inquisitorie verso il partito antagonista.

A un certo punto, il caso Wilma si trasforma in

un vero pallone mediatico che rimpalla da uno schieramento politico ad un altro. O meglio, in un gioco deplorevole spiccatamente elettorale, anziché costituire un'azione investigativa, per la ricerca della verità. Tant'è vero che questo scempio mediatico, purtroppo non accenna a fermarsi, anzi diventa sempre più accattivante, avvallando, fra i giornalisti, persino delle false realtà e inesistenti, dando luogo a un vero e proprio sconquassamento della verità, altro che un semplice depistaggio.

Allora, come ho già accennato sopra, grazie all'apporto del *Capo della Polizia* Tommaso, l'inchiesta sul caso Wilma si ferma, in attesa che, in essa, venga assemblata una storia verosimilmente credibile che tenga fuori, il più possibile, certe responsabilità compromettenti, che potrebbero nuocere la rispettabilità a certe figure eccellenti.

Coraggiosamente, qualche noto stratega autorevole della DC, sempre a *"porte segrete"*, avanza un'idea, forse la più efficace, che sgomberi cioè certi sospetti ancora in bilico, da ogni benché minimo equivoco.

<<*Secondo il mio punto di vista, date le circostanze, dobbiamo rimuovere urgentemente i cattivi pregiudizi sulla nostra classe dirigente. Ciò*

**265**

dandosi con i relativi ministri e figure autorevoli della DC, sta per mettere in atto una messinscena, con l'ausilio di un testimone fasullo, che dovrebbe impersonare la sua segretaria e la sua amante Anna Maria, detta pure *Marianna*, denominata anche il *Cigno Nero*. Poi, il marchese Ugo, rammentandosi di alcune storie adolescenziali che *Marianna* gli raccontava, riesce ad avere un ulteriore illuminazione. Infatti, fissando la cravatta a righe trasversali di un esponente della DC, mentre si versa del *brandy* sul bicchiere, giunge a ponderare un'ulteriore conclusone.

*- Se si riuscisse ad avere un contributo di una figura clericale? Magari un gesuita? Una figura clericale ha sempre un impatto parecchio affidabile e coinvolgente nei confronti dell'opinione pubblica. Marianna ebbe una piccola storia proprio con un gesuita. Per la precisione si chiama Alessandro! Sarebbero una coppia perfetta per questa sceneggiata. -*

Una rivelazione scontata quindi, quella di *Marianna*, che, secondo il marchese Ugo, servirà ad arenare, se non ad archiviare, una volta per tutte il caso Wilma. Vale a dire una vera ed efficace azione depistatrice ben congeniata! Offrire cioè ai giornali l'illusione momentanea di avere finalmente concretizzato le loro ipotetiche paranoie, con delle false confessioni, per poi smentirle drasticamente, con un giudizio inquisitorio senza riscontri oggettivi.

*Un po' come la metafora del topo e il formaggio.*

Non c'è che dire! Il marchese Ugo è sicuro di riuscire a far cadere in una trappola mediatica i giornali antagonisti alla DC, attraverso cioè quella loro brama maniacale inquisitoria.

In effetti tutto si svolge come pianificato nei minimi dettagli, senza errori di sorta! La sceneggiata per tamponare certe congetture lasciate dai *media*, dai giornali, su certe eventuali responsabilità scomode, vengono così definitivamente smentite, oltre che essere archiviate. Pertanto, come preventivato, le accuse verso i tre indiziati, vale a dire, il figlio del ministro Attilio, Piero, il marchese Ugo e il *Capo della Polizia* Tommaso, vengono definitivamente accantonate, con la riabilitazione della loro immagine e tanto di scuse in quanto *"il fatto non sussiste"*.

Il *"caso Wilma"* viene così insabbiato, come un banale incidente, con una dinamica del tutto demenziale! Ovvero, la ragazza mentre stava praticando un pediluvio nell'acqua fredda del mare, accidentalmente è scivolata, annegando.

Davanti a tutto ciò, a questa mia profonda indi-

*stranamente, continua a sfuggire al flusso con-
sueto delle correnti che dirigono via, lontano,
verso il limite dell'orizzonte, verso il limite di
una nuova dimensione temporale, verso il limite
di un nuovo mondo.*

*Questa forma di onnipresenza che rappresenti
forse una supplica? Magari, per rivendicare una
verità ingiustamente trafugata?*

*Il contorno di questa sagoma è delineata con un
segno indelebile carico di dolore e rabbia. Essa
rimane sempre lì, inerme più che mai, a rivendicare giustizia, se non altro, per pretendere un
"mea culpa", per reclamare una verità trafugata
e ancora nascosta dopo tanti anni, nei confronti
di quanti hanno abusato della sua vita, nei confronti di quanti si sono presi, con estrema sopraffazione, il privilegio di mettere fine alla sua prematura esistenza.*

*Un sibilo affilato e trafiggente, continua invano
ad urtare il cuore e la sensibilità altrui, nei confronti di chi ha il privilegio di avere le orecchie
libere per sentire e la vista buona per vedere. -*

# Sommario